「なかなか頑固だな。ならばエルネの素直な身体に訊くか」

「え……きゃあ！」

首筋を甘噛みされた。

獣が獲物に致命傷を与えるように、捕食者の印をつけられた。

ドSな王子さまは身代わり悪女を極甘調教したい

月城うさぎ

Vanilla文庫

ドSな王子さまは身代わり悪女を甘極調教したい

Contents

イラスト／まりきち

プロローグ

ルヴェリエ国の王太子、ジェラールの私室には古びた姿見が存在する。

百年以上前に作られたであろうアンティーク調の鏡は精緻な飾りがつけられた美術品のようだ。傷ひとつない鏡は丁寧に手入れがされて埃《ほこり》ひとつついていない。

その鏡は誰にも見せないように私室の奥の小部屋にひっそりと飾ってある。そして気が向いたときに話しかけるのだ。鏡に映る自分に……ではなく、鏡の中に存在する誰かへ向けて。

「鏡の精、いるか」

数秒後、鏡の表面が水面のように波打った。

自分の姿が完全に見えなくなると、鏡の中から声が返ってくる。

【こんばんは、ジェラール様】

年齢も性別もわからない声の主は、呪いの鏡に封じ込められた鏡の精らしい。

二十六にもなってそんなものを信じるほどジェラールも子供ではないのだが、では一体なんなのかと問われると返答に困る。

呪いの鏡の不思議が解明されないまま数年が経過し、今ではこうして気を遣わずに話せる相手になっていた。

「この世界で一番かっこいい男は誰だ？」

【……かっこいいという定義は人それぞれなので一概には申せませんね】

「そこは冗談でいいから私の名を言えと言っているだろう」

【はいはい、ジェラール様が一番かっこいいですよ】

お決まりの台詞《せりふ》は、姿が映らない相手を確認するため。毎回同じ答えが返ってくるならば、鏡の精はいつもと同じ人物だとわかる。

【それで、今日はどうされましたか？】

ジェラールは鏡の前で両腕を組んだ。

今日は長年の友人とも言える鏡の精にひとつ報告を持ってきたのだ。

「婚約者が決まった」

【なんと……それはおめでとうございます。どんな女性かお聞きしても？】

いつもは淡々と話す鏡の精の声に感情がこもった。

鏡の精との付き合いは八年ほどになる。これまで散々愚痴や相談を聞いてもらっていた相手にも伝えるのが礼儀だろう。

しかし婚約者が決まったとはいえ、恋愛感情があるわけではない。与えられた候補者からジェラールが選んだだけ。相手の肖像画も知らないのだから外見は伝えられない。

「隣国のわがままな悪女だそうだ。表向きは病弱で甘やかされた王女だが、陰で相当遊んでいるらしい。気に入った男を寝所に引き込むと言われているから純潔の乙女ではなさそうだな」

【……え？　あの……何故《なぜ》その方をお選びに？】

鏡の精が困惑気味に尋ねた。

確かに悪名高い相手を選ばなければいけないほど、ジェラールは女性に不自由しているわけではない。

プラチナブロンドの髪に美しいネオンブルーの瞳。長身で均整の取れた体躯《たいく》をしており、見る者を虜《とりこ》にするほどの美貌を持つ。

女性よりも美しく艶《あで》やかで、濃厚な色香を放つ男が一言望めば、性別関係なく誰でも手に入るだろう。

なにも厄介な王女を選ぶ必要はないのだが、その理由は単純に消去法だ。

「調教のし甲斐《がい》がありそうだろう？　貞淑で従順なつまらん女に興味はない。退屈しなくて済む」

ジェラールは笑顔で言い切った。

鏡の精からの返事は鈍い。

「そういうわけだ。しばらく忙しくなるが、また進展があったら報告しよう」

報告が完了すると、ジェラールは姿見にかけていた布を戻す。交信が途絶え鏡の精の声は聞こえなくなった。

そしてジェラールの一方的な話を聞いていた鏡の精も、手元にあるアンティーク調の手鏡をひっくり返した。手汗がじっとりと濡《ぬ》れた状態で、顔には冷や汗が浮かんでいた。

聞いたばかりの言葉を反芻《はんすう》する。

「……えーと……わがままな隣国の悪女って、私では？」

鏡の精は困惑と苦悩が混じる声で呟《つぶや》きを落とした。

第0章

大国ルヴェリエ王国には、口にしてはいけない〝悪夢の三日〟が存在する。

遡《さかのぼ》ること十一年前。ルヴェリエの王太子が十五歳になり、議会への初参加が許された日のこと。

滅多《めった》に人前に姿を現したことがなかった王太子を一目見た者たちは、そのあまりに人外めいた美しさに言葉を失った。

陽《ひ》の光を浴びてキラキラと輝くプラチナブロンドの髪、ネオンブルー色に輝くパライバトルマリンの瞳。スッとした眼差《まなざ》しは涼やかさの中に甘さも帯びており、白皙《はくせき》の肌は滑らかで肌理《きめ》が細かい。

すべてのパーツがバランスよく配置された完璧な美貌は王妃譲りだが、彼は人間の枠に留《とど》まらない美しさを秘めていた。

魔性のような美の暴力を浴びた者たちは王太子から目が離せなくなり、呼吸することもままならない。

ある者は顔を紅潮させ放心し、ある者は鼻血を垂らして眩暈《めまい》を訴え、ある者はその場で意識を飛ばして気絶した。

そしてかろうじて自我を保っていた哀れな被害者ははじめて王太子と対面し、理性の糸がプツッと切れた。

恍惚《こうこつ》とした顔を隠しもせずに頰《ほお》を緩め、熱に浮かされたように心の奥に秘めていた欲望を口にする。

「ああ、王太子殿下……なんとお美しい……その瞳も微笑も国の秘宝のようだ。わたくしめをあなた様の下僕にしてください……！」

「なんだ、貴様。気持ち悪いな」

首を垂れて今にも靴のつま先に口づけようとする男を、王太子は蔑《さげす》んだ目で見下ろした。眉を顰《ひそ》めて軽蔑する眼差しすら下僕を懇願した男への褒美になるとはわかっていない。よだれを垂らした犬のように陶酔した目で見つめてくる男が生理的に気持ち悪い。

「ええ、わたくしは卑しい豚でございます。願わくば殿下から慈悲をちょうだいしたく……いえ、罰をお与えください。思いっきりわたくしを蹴ってくださ……アァッ」

「卑しい豚と言ったか。何故豚が人語を喋《しゃべ》るんだ？」

「あぁ申し訳……ブヒ、ブヒヒィ……ん」

「家畜が私の足を汚していいと思っているのか。離れろ、豚め」

「ブヒィン……ッ」

王太子は足にしがみつく男の頭を容赦なく反対の足で踏むが、男の口からは喘《あえ》ぎ交じりの豚語が零《こぼ》されるだけ。一向に離れようとしない。

「……なんだ、これは。一体どういうことだ」

少し遅れてやってきたルヴェリエの国王は唖《あ》然《ぜん》とした。席についている者はおらず床に突っ伏している者ばかり。

まるで媚薬効果のある香でも焚《た》かれたのではないかと疑うが、そんな痕跡は見つからない。

そして国王は唯一この場で立っている王太子に視線を向けた。彼の足元に縋《すが》る男を見てハッと目を凝らす。

「……ま、待て、ジェラール！　なにをしている。その男は友好国から招いた大使だぞ⁉」

「ブヒ……ッ」

人語を忘れたようにブヒブヒ言う大使は幸せそうに笑っていた。

倒錯的な惨状を目の当たりにし、国王はふらりと眩暈を起こす。

これではまともな議会が開けないどころか、外交について話すことなどできやしない。運命の愛でも見つけたようにジェラールに魅了され、陶酔状態に陥っている。

「父上、三分の遅刻ですよ」

ジェラールが伏せていた顔を上げた瞬間、国王はようやく理解した。

——息子が美しすぎた件について。

誰かと客観的事実を語りたい。冷静に。

愛する妻に似た整った容姿と頭の出来もいい自慢（?）の息子だと思っていたが、いつの間にか年齢を重ねると共に人を惑わす魔性めいた美貌を身に着けていたらしい。長年親子として近くにいすぎたため気づかなかったようだ。

容姿を褒めそやす言葉は多々聞いてきた。それは一般的な褒め言葉だと受け取ってきたが、どうやら国王が思っていた以上にジェラールは規格外だった。

少年から青年へと成長する思春期特有の色香をギュッと濃縮させた儚《はかな》げな美貌を目の当たりにすると、耐性のない人間は心を奪われ放心状態になってしまう。

無遠慮に振りまかれる色香を吸うと放心するなど、まるで災害のようではないか。

「まともな議論などできないと思うでしょうが、今ならなんでも我々の要望に応えてくれるそうですよ。一筆書かせましょうか」

ジェラールが笑顔でえげつないことを言った。

ルヴェリエの有利に働くように契約を結べるなど冗談でも口にするべきではない。本気で叶《かな》ってしまいそうなのが恐ろしい。

国王はこめかみを指で揉《も》み解《ほぐ》す。いろいろと言いたいことはあるが、まずは……。

「誰か、早く医務官を呼べ……！」

総勢十数名の人間が医務室送りとなり、彼らは三日三晩心ここにあらず状態に陥った。その間の記憶は綺麗《きれい》に抜け落ち、記憶障害が発生した。

集団で意識があやふやになるなどただ事ではない。

心を落ち着かせる効果のある香を二種類混ぜた副作用で幻覚症状が発生した……と架空の事故をでっち上げてその場を逃げ切り、王太子については触れずに濁す。

後日、国王は苦々しい気持ちでジェラールに告げた。

「……いいか、ジェラール。私たちは家族だから気づけなかったが、お前は一般的な美しさ以上の美貌を秘めている。言わば美の暴力、顔面凶器だ。このままでは魔性の化身と呼ばれてもおかしくはない」

「それは箔《はく》がついて便利ですね。使い勝手がありそうだ」

「こら、有効活用しようと考えるな。そういうことではない」

人より優れた容姿は精神に影響を及ぼすようだ。過ぎたる美は毒となるのを目のあたりにし、国王は苦渋の決断を下す。

「皆が平穏な日常を送るためには致し方ない。これよりお前は身内以外の前では必ず仮面を装着し顔を隠せ。そのキラキラを半減させろ。でないとお前は信者を量産するぞ」

本人の意思とは無関係にジェラール教が爆誕しかねない。

国の行く末を預かる者としては見過ごせない。火種を生む息子の取扱説明書が切実にほしい。

今後も素顔のままジェラールが議会に出れば、大臣たちの家庭が崩壊するだろう。

ジェラールが社交界デビューを果たしたら一体どうなることやら……女性だけならず男性までも虜にさせる美貌はいっそ隠してしまった方がいい。

国王は集団失神について緘口令《かんこうれい》を敷き、後にこの出来事は悪夢の三日と囁《ささや》かれることになった。

そして悪夢の張本人、ジェラールは顔を隠した生活が思いのほか快適ですっかり気に入り、陰で奇人変人の二つ名をつけられても気にもしない。

外見で態度を変える人間を観察するのが趣味になった。彼は記憶力がいいので陰口を叩《たた》いた人間の名前と役職を忘れることはない。

そしてジェラールはすっかり独自のこだわりが詰まった被《かぶ》り物《もの》を蒐集《しゅうしゅう》する変わり者の王太子となったのだった。

第一章

「他人の幸せが妬ましいわ」

耳を疑うような発言を聞いて、クラルヴァイン王国の第二王女、エルネスティーネは小さく息を呑《の》んだ。

声の主は優雅に紅茶を味わっているが、今のは幻聴ではない。エルネスティーネ……エルネの双子の姉であり、第一王女のフロレンティーナの声だった。

彼女は一見可憐《かれん》な王女だ。容姿だけは。

銀色に輝く髪を綺麗に巻いて背筋を伸ばした姿は、誰もがうっとりと見惚《みと》れてしまうほど美しい。

ほんのり甘く垂れた目尻はまるで慈悲深い性格を表したかのよう。形のいい赤い唇に薄紅色をのせると、彼女を実年齢以上に大人びて見せる。

外見だけは非の打ち所がない王女だが、本性はなかなかに苛烈だ。

腹の底に溜《た》まった鬱憤を晴らしに来た姉姫を窺《うかが》いながら、エルネは溜息《ためいき》を堪える。今度は一体なにがあったのだ。

「フローナ、いくら人目がないからって口は慎んだ方がいいわ」

「私に喧嘩《けんか》を売ってきたのは相手が先よ？　婚約者のいない私の前で自慢げに恋人のことを話すんですもの。彼がいかに素晴らしい男性かと惚気《のろけ》て、これは運命の恋だ純愛だって。だから私は「それならふたりの絆《きずな》は永遠なのね、羨ましいわ」って褒めたのよ。だって赤い糸で結ばれた運命の恋なら、おとぎ話のようにめでたしめでたしで永遠に幸せになるのでしょう？」

フローナが思い出し笑いのようにクスクス笑う。

エルネはことの結末が容易に想像できた。

――なるほど、つまり自分の手を汚さずに奪ったのね。フローナに自慢した相思相愛の恋人とやらを……。

哀れな令嬢だ。まさか惚気ただけで王女に恋人を奪われるとは思わなかったのだろう。

先ほどフローナの護衛としてやってきた騎士ははじめて見る顔だった。彼女の騎士は入れ替わりが激しくて、何人目なのかも覚えていない。

恐らく今日連れて来た騎士こそが令嬢から奪った恋人で、フローナの新しい愛玩犬なのだ。

フローナとのお茶会で幸せな報告をした令嬢が不憫《ふびん》に思えてくるが、悪いのは一方的にフローナに惚《ほ》れた恋人ということになっているだろう。王女が命じたわけではない。表向きは。

──まったく、本当にいい性格をしているわ。何故みんなフローナに騙《だま》されるのかしら？

いつも微笑《ほほえ》みを忘れない清廉潔白な心優しい第一王女。

定期的に国内にある孤児院を訪れては慈善活動にも力を入れて、奉仕の精神を絶やさない。

美しく慈悲深く、誰もが注目するクラルヴァイン国の自慢の王女だ。

周囲がフローナを褒めそやすほどに彼女の承認欲求は満たされていくらしい。

矜持《きょうじ》の高いフローナは常に自分が話題の中心でなくては気が済まず、自分より幸せな令嬢が気に食わない。

いつだったかフローナは、

『だってこの国の第一王女なのだから、私が一番幸せになる権利があるのは当然でしょう？』

と、きっぱり言い切っていた。実に彼女の本質を表している台詞だ。

そんなフローナの本性は双子の妹のエルネだけが知っている。

エルネはフローナとよく似た顔立ちをしているが、髪は銀色ではない。キラキラと光を反射させる銀とは正反対の闇夜に溶け込むような黒色だ。

クラルヴァインでは珍しい黒の髪は実の両親……特に母親から忌み嫌われている。まるで昔話に出てくる魔女のようだと思われていた。

フローナは形のいい唇をふたたび開く。

「でも勘違いしないでね。私が唆したわけじゃないわよ？　ルークが私の傍《そば》にいたくて、もう恋人のところにはいられないって婚約を解消したのだから。まあ、騎士として光栄なことよね。第一王女である私に仕えることができるんですもの」

そして別れを切り出された令嬢も自分に感謝するべきだ。ルークという元恋人は運命の相手ではなく、永遠の愛などはまやかしだったのだと早く気づけたのだから――。

――うわぁ……本当に自分至上主義なこと。

エルネは内心げっそりした。

両親も侍女も社交界の誰もがフローナの外面に騙されている。あの猫かぶりは筋金入りだ。幼少期から自分の手を汚さずに思惑通りに進めるのが大好きで性悪な本性を隠してきたのだから、今さら簡単に周囲も彼女の性格を見破れないに違いない。

――多分、薄々気づいているのはお兄様だけかしら。

クラルヴァイン国の王太子、アロイスはフローナの本性に騙されてはいないようだが、面と向かって注意はできないだろう。なにせフローナは簡単には尻尾を摑《つか》ませないのだから。

ずる賢くて頭も回り、聖女のような笑顔と清らかさで周囲を騙す。いくら身内が性根の悪さを告げても簡単には信じてもらえないだろう。

「ほんっと王女なんて退屈だわ。機嫌が悪くても常にニコニコニコニコ。美しくて当たり前、教養もマナーも身についていて当然。社交界では注目の的で、貴族令嬢の模範的な存在にならなければいけないなんて、もう肩が凝ってたまらないわ。エルネが自由で羨ましい」

可憐な微笑みには羨ましさの欠片《かけら》も浮かんでいない。

エルネとよく似た青色の瞳には侮蔑の色さえ滲《にじ》んでいる。

──よく言うわね。羨ましいなんて思ってもいないくせに。

「でもフローナは嫌でしょう？　私のように離宮に幽閉されるなんて」

「ええ、もちろん嫌よ！　とてもじゃないけど、魔女の逸話が残る陰気臭い離宮に閉じ込められるなんて、惨めすぎて泣き叫んじゃう！」

フローナの笑い声が室内に響き渡った。

エルネは飲んでいたカップを静かにソーサーに戻す。

──私も願い下げだわ。誰もが憧れる第一王女の役なんて。

流行を取り入れた新しいドレスを頻繁に発注し、常に美しく着飾るなんて肩が凝って仕方がないだろう。

どこに行っても人目について、自由になれる時間など無に等しい。就寝時間のみひとりになれるなんて、エルネにとってはどちらが不自由な生活なのやら。

──離宮の中はひとりで住むには贅沢《ぜいたく》なほど広いし、小さくても裏庭もあるし、なにより好きに自由に過ごしていても誰からも怒られない。これぞ誰もが憧れる自由な生活なんだけどね。

ただし、離宮の外には滅多に出られず王都に下りたこともない。王宮に足を踏み入れられるのも国王に呼ばれたときだけだ。それも年に一度あるかないか。

「ああ、いっけない。今夜は観劇に誘われているんだったわ。そろそろ支度しなくちゃ」

外に出られないエルネに配慮することなくフローナが呟いた。

エルネは内心さっさとお暇《いとま》してほしいと思いながら淡々と「いってらっしゃい」と告げた。

「そうだわ、エルネが暇すぎて死なないように仕事を持ってきたの。はい、繕い物。傷やほつれがたくさんあるから、きちんと直してちょうだい。次の孤児院訪問で着ていくんだから、明後日には仕上げておいてね」

フローナはエルネに布袋を押し付けた。

またろくでもないものを持ってきたのだろうと思っていたが、そういうことらしい。きっとドレスは酷《ひど》いありさまだろう。

「これでもエルネの手先が器用なことはすごいと思っているのよ？　とっても貧乏くさくって。平民に落ちても食べていけるんじゃないかしら」

クスクス笑いを零しながらフローナが立ち上がった。扉へ向かう前にカップを傾けて、飲み残した紅茶を床に零すのも忘れていない。

そのままカップをポイッと背後に放りなげて去って行く。エルネの侍女が床に落ちる寸前にカップを摑んだ。

扉が完全に閉まると、エルネは侍女に笑みを向けた。

「よく摑んだわ！　ギーゼラ」

「このくらい想定内です」

そっと窓の外を窺う。フローナは護衛の騎士と共に王宮へ戻るようだ。

完全にフローナが離宮から去ったのを確認すると、エルネは耳栓を取り出した。盛大な溜息と共に。

「はぁ～～疲れた！」

「お疲れ様でした、エルネ様。今回の耳栓の出来はいかがでしたか？」

「そうね、なかなかよかったわ。試行錯誤の末に、なんとなく声がわかる程度にまでできたから」

柔らかい素材で作った耳栓はエルネの手作りだ。これも憂さ晴らしをしに来る訪問者対策で考えたものだ。

完全に声を遮断することはできないが、するだけマシである。

フローナの不快な声を耳にするより、読唇術を身につけて彼女が話す内容を把握する方が精神的な負担も少ない。

「エルネ様の読唇術も精度を上げているように思えましたが」

「ありがとう。悔しいけれど、フローナの発声はお手本のように上手だから読唇術もやりやすいのよね」

ギーゼラがモップでサッと床を拭き、エルネ用にお茶を淹《い》れ直す。

「それにしてもエルネ様、いい加減王太子殿下に報告するべきです。フロレンティーナ殿下の陰湿な嫌がらせ行為をいつまで我慢されるつもりですか？　押し付けられた繕い物も、本来であれば第二王女のエルネ様がされることではないのですよ」

エルネは飲んでいたカップを置き、押し付けられたドレスを広げる。

シンプルなデザインのドレスだが、嫌がらせの塊のように刃物でズタズタに切り裂かれていた。これを元通りに戻せというのがフローナの要求だ。

「でもまあ、ご丁寧にハサミで切ったみたい。逆にやりやすいわね」

「そういうことではありません。『物は丁寧に扱いましょう、百年先まで残せるように』と表では綺麗ごとを言いながらカップは割るしドレスは切り刻むし、他にも思い出せるだけでたくさんあります。このドレスにもわざと待ち針を残しておきたいくらいですよ」

長年仕えるギーゼラはエルネにとって姉のような存在でありなんでも話せる友である。一番の味方に憤慨してもらえると、エルネは怒る気も失《う》せて笑った。

「下手な証拠はつけ入る隙を与えちゃうからダメよ。報復するなら証拠を残さない方法でやらないと。それにフローナの嫌がらせ行為はきちんと記録をとっているからいつでもお兄様に渡せるわ」

にっこり微笑むエルネも嫌がらせを嘆いているわけではない。

手先が器用で針の扱いがうまいのは事実だ。なにせ自分のことは自分でなんとかしなくてはいけなかったのだから、必然的に針の扱いにも慣れたし苦ではない。

押し付けられた繕い物も暇つぶしにちょうどいい。

――フローナがわざわざ私に構う理由はわからないけれど。こんな古びた離宮には足も踏み入れたくないって散々罵倒してくるのに。

古めかしい調度品ばかりが揃《そろ》う離宮は清潔に保っているが、ところどころ劣化している。エルネと数人の使用人が細々と修繕工事をしているが、どこかに空いた穴からネズミがやってくることも珍しくない。

だが離宮に勝手に住み着いた野良猫が、これまた勝手にネズミを捕獲してくれる。エルネはせっせと快適な住まいを維持するだけ。

「この程度なら一時間もあれば終わるわね。針と糸を持ってくるわ」

「それはエルネ様だけです。他の人なら一日がかりでやっても終わるかわかりませんよ」

フローナの悪意には笑顔で反論するだけだ。

エルネは慣れた手つきで針に糸を通した。

大陸の東に位置するクラルヴァイン王国は、魔女の逸話が数多く残る小国だ。

恐ろしい魔女の昔話が語り継がれ、未《いま》だにやんちゃな子供たちには魔女の名が有効に使われている。

とはいえこの国に魔法が存在するわけではない。ただ大陸に伝わる多くのおとぎ話の発祥がクラルヴァイン王国のため、魔女に関するゆかりの地がいくつも残っていた。

そんなクラルヴァインには双子の王女がいる。第一王女のフロレンティーナと、第二王女のエルネスティーネだ。

第二王女のエルネは生まれたときから病弱で公には出て来られない。一年の大半を寝台で過ごしている。そのため社交を担っているのが双子の姉のフローナだ。

王妃譲りの銀髪を綺麗に巻いて、青い目をした美しい第一王女。

少々気が強そうに見える妹のエルネとは違い、フローナは垂れ目でおっとりとした癒《いや》し系《けい》の美少女だ。

その恵まれた容姿は社交界の花であり、内面も心優しいと評判である。常に笑顔を絶やさず他者を気遣い、孤児院への奉仕活動も欠かさない。

病弱な妹姫の代わりを務めることを当然の義務と言い、決して妹姫を貶《けな》さず家族愛に溢《あふ》れているというのが貴族たちの評価である。存在感がやや薄い王太子のアロイスより、フローナの婚約者が誰に決まるのかと常に話題になるほどの人気っぷりだ。

対してエルネの評判といえば、子供の頃から我慢ばかりしてきたことを理由にわがまま三味だとか、周囲が彼女に同情しつい甘やかしてしまうため十八になっても精神的に未熟だと言われていた。

十七でようやく社交界デビューを果たした後は一度も公に姿を現さず、王宮内で引きこもっているらしい。

ことあるごとに他人の幸せを妬み、己の鬱憤を他者にぶつけて発散している王家の厄介者。表だって批判する者はいないが、その同情は献身的に妹を助けるフローナへ向けられる。

「私が丈夫な身体を持って生まれたのはエルネのおかげでもあると思うのです。本当は妹だけに辛《つら》い想《おも》いをさせたくないのですが、少しでも元気になるように願っています。わがままを言われて甘えられるのがうれしくて、つい甘やかしてしまうのは反省しているのですが、難しいですね」

そう語った彼女は誰が見ても健気《けなげ》に妹に尽くし、彼女のために頑張る心優しい姉姫だ。

同じ双子でも持って生まれた素質が違うだけでこうも性格に差が出るのかと、不敬罪になりかねない陰口を囁かれているらしい。

心優しい姉から自分の噂話《うわさばなし》を教えられたエルネは傷つく表情も見せず、かと言って笑顔を浮かべることもなく、

「そうですか」

と、聞き流した。

わがまま三昧で一年の大半を寝台で過ごしているはずのエルネだが、実際はほとんど病気もしたことがないほどの健康体だ。

銀髪に青い目をした美しいフローナと違い、エルネの髪色は夜を凝縮させたように黒い。数代前まで遡れば黒髪を持った王族もいたようだが、両親ともに明るい髪色をしているにもかかわらず黒髪が生まれたことを気味悪がられたのだ。

特に王妃は生まれてきたエルネに怯《おび》え、魔女の生まれ変わりに違いないと言いだした。双子は不吉という古い迷信が存在するが、それも今では廃れている。

王族が双子というだけの理由で片方を殺害したなどと不名誉な噂《うわさ》が流れては王家の威信が損なわれかねない。

髪色だけで魔女の生まれ変わりを疑うなど正気の沙汰ではないが、かと言って昔話で存在する魔女の逸話が多いため否定することもできず。王妃の怯えようは産後の肥立ちに影響した。

赤子のうちに殺してしまえばいい。いや、そんなことをしたら自分たちが呪われるかもしれない。

もし死産と偽り遠くへ養子にやったら監視が難しくなる。できれば目の届く範囲に置かせたいが、王妃が恐れるため王宮内には留めておけない。

結果、エルネは物心がつく前から離宮に隔離されて育ってきた。育児放棄をした両親に代わり、最低限の世話係と侍女を与えられて幽閉されたのだ。

その離宮は百年以上も前に魔女を幽閉していたらしく、不気味がって滅多に人も近寄らない。そしてエルネの幽閉生活を知っているのは王族に仕える限られた者のみだった。

表向きは病弱で、公務もできなければ社交界にも姿を表せられないわがまま王女だと囁かれている。噂によれば社交界デビューを果たした十七歳である程度身体も丈夫になったようだが、人見知りが激しく第一王女にすべて押し付けている。

王宮内にはエルネの部屋が存在するが当然空室だ。エルネは見たことがないが、たまにフローナが一人二役でエルネの部屋を使っているのだとか。

そしてその部屋は逢引《あいび》きの場所として、フローナがお気に入りの恋人を連れ込んでいるらしい。

その部屋に住んでいるのはエルネとされているので、なにか現場を見られても周囲にはエルネが寂しさのあまり見目のいい騎士を寝室に連れ込んだと思われている。

双子で顔が似ているため、化粧で雰囲気を変えたら騙せそうだ。エルネを知る者はほとんどいないのだから、口調も変えればフローナだと信じる者はいないに違いない。

「エルネ様の部屋でエルネ様の名前を使ってやりたい放題はさすがに行き過ぎていると思いますよ。フロレンティーナ殿下にとっては双子なのだからいくらでも言い訳ができるのでしょうが、これではエルネ様の悪評ばかりが王宮に広まってしまいます」

「フローナも大概悪女なんだけど、よく皆騙されているわよね……さっきの発言聞いた？　他人の幸せが妬ましいって。運命の恋を切り裂くのが好きだなんて悪趣味にもほどがあるわ……ドレスだけ刻んでいればいいものを」

できた！　とエルネが告げる。

一見元のドレスの損傷具合はわからない。目立った箇所には繊細な刺繍《ししゅう》まで付け加えていた。これではフローナも文句のつけどころがないだろう。

「お見事です、エルネ様」

ギーゼラが労《ねぎら》い、お茶を淹れ替えてくれた。

汚れないようにドレスを片付けてカップに口を付ける。

労働の後のお茶は格別においしい。

「エルネ様もこのままでいいとは思っていないのでしょう？　わがままどころではなく、他人の恋人を盗むのが好きな悪女とまで囁かれているのですよ。フロレンティーナ殿下がエルネ様の部屋に連れ込んだ騎士をよく知る人物がいたのでしょうね」

男女が密室の空間でふたりきりになれば、間違いが起こらないはずがない。

むしろフローナが言葉巧みに相手を誘導し、責任は全部相手にあると思わせて事に至ったのだろう。

エルネが気づかなかっただけで恐らくは何年も前からだ。

もしもフローナが自分に仕える護衛騎士に手を出していたのだとしたら、この数年で五人は彼女の毒牙にかかっている。

「王宮の情報なんて滅多に入らないから、知らない間に身代わり悪女になっているなんて思わなかったわ……ますます引きこもるしかないわね。一生離宮の中で自由な幽閉生活を楽しもうかしら。やることはたくさんあるもの！」

エルネの趣味は幅広い。幼い頃から閉じ込められているので、すっかりひとり遊びが得意になっていた。

誰とも会わずに黙々と趣味の小物作りができるのなら、それもアリだろう。むしろ最低限の衣食住は保証されたまま趣味に没頭できるなら願ったり叶ったりだ。

——うん、悪くないわね。

エルネがほくそ笑んでいると、ギーゼラが拒絶した。

「一生幽閉なんて絶対にダメですよ！　いくら離宮の自由な生活が性にあっているからと言って、ずっとひとりは寂しすぎます。それに王太子殿下が即位されたらエルネ様の待遇も変えると仰《おっしゃ》っているじゃないですか」

「そうかもしれないけど……」

兄のアロイスは身内の中で唯一エルネの味方である。

執務の合間に時間を作り、エルネがほしいものを用立ててくれるのだ。手芸に使う材料はすべてアロイスが調達したもので、兄に言えばなんでもほしいものは手に入る。

だがいくら王太子といえど、国王の決定に逆らうことはできない。彼が正式に即位するまでエルネの幽閉生活は続くだろう。

アロイスには「不甲斐《ふがい》なくてすまない」と謝られているが、エルネは不器用で優しい兄が好きだ。

唯一彼だけは、エルネの黒髪を美しいと言って撫《な》でてくれるから。

「お兄様は忙しいし、即位するのもいつになるかわからないわ。それに私に縁談なんてくるはずがないからきっと何年経《た》ってもこの生活は変わらないわよ」

アロイスが即位後、第二王女は死んだことにしたら自由になれるかもしれない。その場合は新しい名前と身分を与えられるだろう。

「エルネ様が引きこもり生活をこよなく愛する方でよかったと思っていますが、現状維持ではなにも未来がありませんよ。でもまあ、先のことばかりを考えていても仕方ありませんね」

ギーゼラが嘆息した。

エルネは「ちょっと待ってて」と自室に行き、なにかを持って応接間に戻ってきた。

「そういえば新しいレースを見せようと思っていたの。フローナに見つからなくてよかったわ」

どう？　と広げたのは繊細な糸で編まれたレースだ。

ここ最近のエルネの趣味でもある。

「わぁ……すごく細かいですね。素晴らしい出来ですわ。エルネ様は本当に手先が器用ですね。十分売り物にできると思います」

「ありがとう。ギーゼラに褒められるのが一番うれしいわ」

エルネの趣味は多岐にわたる。私室に飾っているぬいぐるみと人形はすべてエルネが製作したものだ。
二、三年ほど前から宝石の欠片を使った指輪や耳飾りなども作っている。さすがに工房はないため原石から磨くことはできないが、安価な値段で売られている宝石の欠片を集めてジュエリーにしているのだ。
それらをアロイスの紹介で、信頼のおける者に販売してもらっている。ちょっとした委託販売のようなものだ。もちろん製作者がエルネとは誰も知らない。

いざという時に使える資金の確保はしておきたい。幽閉生活では使う機会などやってこないが、もしもの備えは大事だ。

「またぬいぐるみのお腹《なか》を切らなくっちゃ」

稼いだお金の隠し場所はエルネが作ったぬいぐるみの腹の中だ。

万が一離宮に賊が入ったとしても、ぬいぐるみを怪しむ者はいないだろう。もちろん王宮の敷地内に賊など入ったら大ごとだが、身内が手引きをしたのだとしたら表立った事件にもならない。

——なにも起こらないから大丈夫なんて楽観視できないところが痛いわ。

きっと王妃はエルネがうっかり死んでくれたらいいと思っている。

恐怖とは本能的なものであり、頭でどうにかできるものではないのだ。

「……いつも言ってるけど、ギーゼラは私のことを気にせずにお嫁に行っていいんだから

ね？　あなたも男爵家の令嬢なのだから、縁談くらいくるでしょう？」

「私のことはお気になさらず。うちは田舎の小さな領地で貧乏男爵家ですから、縁談なんて

ものはまったくきませんよ。ずっとエルネ様のお供をさせていただきますわ」

ギーゼラはエルネより五歳上の二十三歳だ。そろそろ行き遅れと言われる年齢になってし

まうが、本人は気にしていないらしい。

——私の面倒を押し付けられている時点で、王宮内での立場も弱いわよね……。本人は冷

遇されていないって否定しているけれど。

フローナ付きの侍女から嫌がらせ行為があってもおかしくはない。給金はきちんとアロイ

スが目を光らせているので、タダ働きにはなっていないようだが。

「私についてきてくれるのは心強いけど、あなたもきちんと自分の幸せを優先してね」

そう告げながらエルネは考える。

──幸せってどういうことなのかな。

相思相愛の相手がいることだろうか。それは必ずしも男女である必要はない。

エルネにはギーゼラとアロイスがいるのだから孤独だと悲観したことはなかった。

──それにもうひとり。私には話し相手もいるのよね。

ギーゼラにも伝えていない秘密の友人との付き合いは長く、かれこれ八年になる。

本音を話せる相手がいるだけで十分心は満たされている。きっと今の状況も幸せと呼べるのではないか。

「私は今の平穏な日常が少しでも長く続けばいいと思ってるわ」

ささやかな願いに反して、エルネの日常はガラリと変わることになる。

◆　◆　◆

フローナに押し付けられたドレスを納品してから三日後。エルネは国王からの呼び出しを受けていた。

「お父様からの呼び出し？　なんで？」

「それは私にもわかりかねます」

ギーゼラも困惑している。こんなことは滅多に起きないのだ。

新年の挨拶のために王宮に呼び出されることはあるが、エルネにとっては拷問のような一日である。

王家主催の祝いの席に参加することは許されないが挨拶には来いと言うのだ。しかも黒髪を隠すために銀髪のかつらを着用しなくてはいけない。社交界デビューのときももちろんかつらをかぶらされた。

「まさか今さらお誕生日おめでとうを言うためなんてことはないでしょうし……むしろおめでたいとも思ってなさそう。仮病使っちゃダメ?」

「ダメに決まってます」

冷静沈着で有能なギーゼラも予想外すぎて焦っている。

衣装部屋に飾られているのは質素なドレスのみだ。

アロイスが気を利かせて食料の他に日用品や衣服などは、不足にならないように手配をしてくれているが、華美なドレスは着ていく場所がない。日常的に着られるものの方がありがたい。

「とりあえず今年のはじめに着たドレスでいいわね」

「それは去年も一昨年も同じですが」

体型が変わっていないのが救いだ。少々胸元が苦しい気もするが、手直しをする時間はなさそうだ。

一切の装飾のないドレスを身に着けて簡単な化粧を施し、仕上げにかつらをかぶる。見た目だけならフローナによく似ていた。

「目元の印象は少し違うけれど、フローナに化けられるかしら」

おっとりした目つきのフローナと違い、エルネの方が猫目のようでやや気が強く見える。だが目元も化粧次第でいくらでも化けられるだろう。

最後にローブを羽織りフードで頭を覆った。

銀髪でドレス姿の令嬢が王宮内を歩いていたらとても目立つ。フローナと間違えられてしまう。

「なんだか毎回思うけど、お尋ね者みたいだわ」

「それは私も同じ気持ちです」

なにも悪いことをしていないというのに、日が暮れた夜に謁見室に呼ばれるのも人目を避けるためだ。それほどまでにエルネは隠したい存在らしい。

王宮への道のりは引きこもりにはちょうどいい運動量だ。

人払いがされた道順を辿《たど》り、父王が待つ謁見室に向かう。

「入れ」

扉を開けると、やや恰幅《かっぷく》がよくなった国王がいた。

――お父様ってこんな顔だったかしら？

新年の挨拶はほんの一瞬しか目を合わせていない。じっくり眺めるのはいつぶりだろう。式典用の王冠を脱いだ父王の頭頂部は随分寂しくなっていた。金髪に白いものが交ざりはじめている。

「そこに座りなさい」

言われた通り大人しく一人用のソファに腰をかけた。

父王の隣に腰をかけているのは王妃ではなく、フローナだ。王妃は今回も体調不良を理由に欠席しているらしい。これはいつものことである。

——お母様は永遠に私に会いたくないってことね。

それも慣れている。

頑《かたく》なに会おうとしない王妃の顔は、国王以上に思い出せない。

「エルネスティーネ。お前の婚約者が決まった」

季節の挨拶などもせず、単刀直入に呼び出した理由を告げることにしたらしい。

だが予想外すぎる話を聞いて、エルネは目を丸く見開いた。

「婚約者？　私に？」

すぐ近くにいるフローナを見やる。

彼女の口許《くちもと》は余裕の笑みを浮かべていた。

どうやらエルネの婚約者とやらは、フローナが妬ましいとも思わない相手らしい。むしろ彼女が絶対に選びたくない相手なのだろう。

「お相手をお聞きしても？」

「相手は隣国、ルヴェリエ国の王太子、ジェラール殿下だ。ぜひエルネスティーネを婚約者にと望んだらしい。我らに拒否権はない。これは王命だと思いなさい」

「……」

あまりのことにエルネの理解が追い付かない。眩暈がしそうだ。

——ルヴェリエの王太子殿下が私の婚約者？

あり得ない。絶対に。

だが相手がエルネを望んだと言っていた。一体どういうことなのだ。

「……本当に、私が選ばれたのですか？　フローナではなくて？」

「そうだ」

「ですがルヴェリエはクラルヴァインよりも大国ですよ。その王太子に選ばれるなど、私が王太子妃ということですよね。なにかの間違いとしか思えないのですが……」

エルネの額に冷や汗が浮かぶ。

大国の王太子妃になど荷が重いにもほどがある。

——幽閉されて育ったから最低限の教養しか身につけさせてもらっていないのに？

惜しみなく教育を施されたフローナと違い、エルネにはフローナが使い古した教材が与えられた。それも捨てるつもりだったものを譲られたに過ぎない。

一応老齢の侍女がエルネに淑女としての教育を一通り叩きこんでくれたが、それを披露する場などなかった。貴婦人としての振る舞いがどこまで通用するかわからない。

「まさかエルネの婚約者が、あのジェラール殿下だなんて……！」

フローナが大げさなまでに同情する。嘆くような眼差しの中にはしっかりと嘲笑が見え隠れしていた。

エルネはあえて尋ねることにする。

「ルヴェリエの王太子殿下は有名な方なの？」

「ええ、とっても。でも世間知らずのエルネは知らなくて当然だと思うわ。あの方は常に被り物をして顔を隠しているのよ。噂によると容姿に劣等感があるとか、醜い傷があるから顔を晒《さら》せないとか。とにかく、ルヴェリエの国内で縁談相手が見つからなかったからクラルヴァインに声がかかったんじゃないかしら」

フローナは父王の前で「そんな方と引きこもりのエルネが婚約だなんて……」と嘆いているが、完全に演技である。

――奇人変人の王太子に選ばれるなんてとってもお似合いね！　って、心の声が聞こえた気がする。気にしないけど。

　フローナの笑顔には毒がある。顔も晒せないような不細工に嫁ぐなんてご愁傷様と思っているのだ。

その他、対人恐怖症で人とまともに目を合わせられないとか、あまりの醜さに失神した人たちがいるとか、噂を上げだしたらキリがないらしい。

本当の理由は当人にしかわからないだろうが、エルネは奇人変人の王太子をよく知っていた。なにせギーゼラにも内緒にしている友人なのだ。

――私、なにも聞かされていないんだけど……？

文通ならぬ鏡通《きょうつう》の知り合いなのだが、それはエルネだけの秘密だ。

「先方はすぐにでもルヴェリエの王宮に滞在してほしいと望んでいる。あちらの環境に慣れるためにも早い方がいいだろう」

「え？　まだ婚約の準備期間ではないのですか？」

「書面では婚約が成立している。婚約式等はすべてあちらの意向に任せるつもりだ。出立は一週間後だ。荷物があるならまとめなさい」

「一週間後⁉　そんなに急なのですか？」

「名目は王太子妃としての教育だ。お前には最低限の教育しか施してこなかったのが悔やまれる」

――最低限の教育？　フローナが使い古した教材を譲っただけで教育と言われましても……。

父王もまさか隣国に嫁がせることになるとは思わなかったのだろう。教養が不足しているとなれば自分たちの恥になる。

だが病弱でわがままだという噂があるのを承知の上でエルネを望んでいるのなら、教養が足りていないことくらい想定内なのかもしれない。

「お父様、もう一度訊《き》きますが本当にフローナではなく私への縁談なのですよね？　本当はフローナへの縁談を蹴って私に押し付け……譲ったのではなくて」

「何度も同じことを言わせるな。書面にもエルネスティーネと書かれている。お前が病弱だという表向きの話も先方は把握済みだ。この一年で身体は健康体になったということにしている。お前の持病は喘息《ぜんそく》で通しているから、なにか問われたら喘息を患っていたと過去形で答えなさい」

喘息持ちだったが完治したことになっているらしい。

周囲が都合よく作った嘘《うそ》に振り回されることに今さら憤りも感じないが、内心溜息を吐いた。

そっと視線を下げると、自分のものではない銀の髪が目に入る。

「最後にもうひとつ。私の髪色はどうするつもりですか」

「特に問題ないだろう。だがクラルヴァインを出国するまではそのかつらを外してはならぬ。ルヴェリエでは好きにするがよい」

一方的に話を切り上げられた。ルヴェリエにはエルネの髪色が黒であることは伝わっていないらしい。

国王が片手を振る。もう行けという合図だ。すべて伝え終わったらエルネは用済みらしい。

「かしこまりました。荷物をまとめておきます」

エルネは一礼し、ふたたびフードを被る。

謁見の間を出る頃にはなんとも言えない気持ちがこみ上げてきた。

――わかっていたけれど、元気か？　とか、体調は問題ないか？　とかも聞かれなかったわ。私のことは本当に荷物としか思っていないのね。

表向きは双子の王女を分け隔てなく愛しているように見せながら、エルネの存在は邪魔ものだ。愛情を受けたことは一度もない。

頭を撫でてもらったことも、抱きしめてもらったことも。それを寂しいと思う気持ちはとっくに消えて、心の奥が少しだけスースーする。

誰にも見つからないように離宮へ戻り、かつらを脱いだ。クラルヴァインを出るまでは必ず被るようにと命じられたかつらを苦く見つめる。

――ルヴェリエでは好きにしろと言われたんだから、そうするわ。いくら髪の毛だけ銀髪にしたって、眉毛もまつ毛も黒なんだもの。違和感を持たれるに決まってるじゃない。

フローナのような銀の髪を羨ましく思ったことは数えきれないほどある。だがそのたびに、自分の黒髪を美しいと言ってくれるアロイスとギーゼラの言葉を思い出した。

「ないものねだりをしたって仕方ない」

王族の身分でありながら、エルネには自由がある。離宮にいる限りなにをしても咎《とが》められず、勉学も読書も趣味の小物製作も思う存分できる。

そう思うとこの生活は気が楽だった。一日の時間をみっちりと管理されているフローナはよく我慢ができている。人の視線を気にしながら公務も社交もするなど、考えるだけで倒れてしまいそうだ。

「……はあ、どうしよう。この自由な生活とおさらばなんて……」

好きな時間に起きて好きな時間に寝て、気が向いたら裏庭を散策し最低限の運動をする。寝ずにレース編みをすることもあるし、小さなガラス玉を使ったネックレスを作ることもある。

そんな自由気ままな生活を送っていたというのに、これから大国の王太子妃など務まる気がしない。

「……私には無理では？　無謀では？　どう考えても荷が重すぎるわ！」

文机の上に置いてあるアンティークの手鏡を持ちあげる。

古びた鏡は軽く百年以上前に作られたものだろう。

この鏡はエルネが十歳の頃、離宮の隠し部屋から見つけたものだ。かつて魔女が住んでいたと言われる離宮には、年季の入ったアンティークの調度品や小物がたくさん眠っている。また魔女の遺品という名のガラクタなのだろうと思っていたら、近くに古びた羊皮紙も残っていた。満月の光で浄化された鏡は、持ち主と最も相性のいい相手が映ると書かれている。

暇つぶし半分、好奇心半分で試してみると、ある日手鏡に見知らぬ青年が映った。咄嗟《とっさ》に話しかけると、これまた不思議なことに相手からも応答が返ってきた。その相手こそが先ほど父王に告げられた人物、ルヴェリエの王太子ジェラールである。

以来エルネは八年間、ジェラールと鏡を通じて交流していた。彼はエルネをクラルヴァインの王女とは知らず、呪いの鏡に閉じ込められた罪人程度にしか思っていないが。

――すっごく複雑だわ。八年間も知ってる相手とはいえ、鏡の精ではなくエルネとして接しないといけないなんて！

もしやジェラールに鏡の精の正体がバレたわけではあるまい……。

ジェラールは姿見を通して鏡の精と交信しているらしい。その姿見とエルネの手鏡に関連性があるかはわからないが、もしかしたら同じ製作者が作ったのだろう。

魔女の昔話はあっても魔法は存在しない。だが呪いという概念はあちこちの国に根付いている。

呪いの鏡に罪人が閉じ込められていて、ジェラールは気まぐれに話しかけているだけ……きっと彼からしたらその程度にしか思っていないだろうが、今までエルネは散々ジェラールの愚痴や相談を受けていた。きっとルヴェリエの国王夫妻よりジェラールの話を聞いていると言えるほどに。
——あ、でもルヴェリエには王子がふたりいるって話だわ。もしかしたら王太子じゃなく
て第二王子という可能性もあるかも！
悲観的に思うにはまだ早い。
父王からは王太子と言われたが、何らかの間違いという可能性も捨てきれない。第二王子
の妃なら、大国を背負うという役目から解放される。それなりの責任は背負うことになるが
まだ気が楽だ。
そうとなればサッサと確認しておきたい。本人の口から「なにを言ってるんだ」と鼻で笑
われればエルネの気も楽になる。
エルネは手鏡をじっと見つめ、首を傾《かし》げた。
「……そういえば私から呼び出したことってなかったような？」
自分から鏡に話しかけたことは一度もなかった。いつもジェラールが好きにエルネを呼び
出し、エルネは鏡の表面が青白く光ったら鏡の精を演じていただけ。
——どうしようかな。私から彼の名前を呼んだら通じるかしら。ジェラール様、そこにい
ますか？　って。
手鏡を持ったまま難しい顔で黙り込んでいると、鏡の表面が青白く発光しはじめた。呼び

出しの合図だ。

「……っ!」

【鏡の精、いるか】

聞き慣れた声と共に絶世の美男子が鏡に映し出された。不思議なことに相手からはエルネの姿は見えないらしい。

そしていつものやり取りの後、ルヴェリエ王国の王太子、ジェラールから婚約者が決まったとの報告を受けた。

本人の口から聞かない限りは信じないと思っていただけに、これはもう認めざるを得ない。

——なんでこんなことに……!

絶対に結ばれることはないから、恋心なんて抱いてはダメだと思っていた相手がまさかの婚約者だなんて。

エルネは密《ひそ》かに仰天し、運命の悪戯《いたずら》を呪いたくなった。

第二章

色とりどりの花が咲き乱れる美しい春を体感したのははじめてだった。

馬車に乗ること約十日。エルネは侍女のギーゼラと共にクラルヴァイン王国を離れて隣国のルヴェリエ王国にやって来た。

「すごいわ、ギーゼラ。大きな湖！　あれ、これって湖よね？　海ではないわよね？」

「はい、湖で合ってますわ。ここはルヴェリエでも有名な避暑地で、観光名所ともなっているそうです」

「避暑地……確かに緑も豊かで気持ちよさそうね。この辺なら夏も過ごしやすそうだわ」

エルネは馬車の窓からひっきりなしに外の景色を見ていた。無理もない、今まで離宮から離れたことがなかったのだ。馬車に乗ったのもこれがはじめての経験である。

「エルネ様、腰が辛いとか、お尻は痛くはありませんか？」

慣れない馬車にずっと座りっぱなしだが、お尻には分厚いクッションが敷かれている。仮にもクラルヴァイン王国の王女として嫁ぐため、王家の名に恥じない馬車と護衛がつけられていた。

「私は大丈夫よ。馬車酔いもしないみたい。思っていた以上に頑丈だったわ」

引きこもり生活をしているわりにはエルネは健康だ。肌は日焼け知らずで、好きなことに没頭できるだけの気力と体力がある。

「こんなに大きいのに湖だなんて……海はどれほど大きいのかしら」

書物の中でしか見たことがなくて想像もできない。

エルネの知識のほとんどは本と絵画から得られている。アロイスとギーゼラと、数少ない世話係をしてくれる者たちがエルネの話し相手だ。

そして一方的に呼び出しては愚痴や相談をしてくるルヴェリエ王国の王太子、ジェラール。彼の話も外の世界を知らないエルネには興味深かった。

——離宮に閉じ込められていても退屈じゃなかったのは、ジェラール様があれこれ聞かせてくれたからかも。

ルヴェリエの有名な観光地から食の文化、美術品など、エルネが知らないことをたくさん聞かせてくれた。エルネが世間知らずでも鏡に閉じ込められている精なのだから仕方ないで通用していたのだ。

どんな悪事を働いたんだと詰め寄られたのは面倒だったが。鏡の精にも言えないことがあるのだと告げれば、呪いというのはそういうものかと納得したようで助かった。

しかしこれから対面を果たすとなると気が重い。

鏡の精＝エルネだとバレないようにしなくては。

「お昼過ぎには王都に到着します。あと少しの辛抱ですね」

長旅を早く終えたいギーゼラが告げる。彼女のお尻はそろそろ限界らしい。

エルネは近くに置いてあったクッションをギーゼラに手渡した。

「……もう少し旅を続けたいわ」

「エルネ様」

ギーゼラの表情が切なげに歪《ゆが》む。

「なんてね！　こんな風にいろんな景色を見たことがなかったから欲が出ちゃったわ。それよりも、ギーゼラは本当によかったの？　国を出て私に付き合ってくれなくてもよかったのに」

「何度もお伝えしました通り、私の気持ちは変わりません。エルネ様にずっとお仕えします」

だがギーゼラは故郷の家族と会うことも難しくなる。ここまで十日もかかっているのだ。さらに辺境の地の男爵領まで行くとなると、往復でひと月ほどかかってしまうだろう。

「ありがとう。本当は傍にいてくれて心強いわ。でも里帰りがしたくなったらいつでも言ってね。その間はなんとかできるように頑張るわ」

「そのお気持ちだけで十分です。ありがとうございます」

ギーゼラがそっとクッションをお尻に敷いた。やはり相当辛かったようだ。

「私の悪評がルヴェリエにまで届いているというのに、あえて私を選んだ王太子殿下って相当な変人だと思うわ。被り物をしているのは慣れると思うけれど」

「エルネ様、人は顔ではありませんよ。大事なのは心です。フローナ様を思い出してください。可憐な顔は作れるのですよ?」

「ありがとう、ギーゼラ。大丈夫よ、悲観しているわけではないから」

ただ緊張するのは仕方ない。大勢の人間に注目されることに慣れていないのだ。知らない人に囲まれたら喋れなくなるかもしれない。

──往生際が悪いけれど、王太子妃なんて荷が重い……お部屋に引きこもりたい。

まさかジェラールと対面できる日が来るなんて思いもしなかった。ましてや彼が夫となるなんて想像もつかない。

なにせエルネの初恋の相手はジェラールなのだ。

一生実ることがない不毛な恋だとわかっていたから、その気持ちを自覚したと同時に蓋をしている。

恋心に気づいてから五年以上も迂闊《うかつ》に蓋が開かないように頑丈な鍵で閉じているのだ。うっかり彼にときめかないように。

——それなのにどうしよう。今さらジェラール様と会うなんて、どんな顔をすればいいの？　ずっとドキドキが落ち着かないわ……！　一生鏡越しでしか喋らないって思っていたから、今まで平然と話せていたのに。

未知の体験が待っていると思うと緊張で吐き気がしそうだ。

エルネは「平常心、平常心」と心の中で唱える。

初恋を封印してから五年も経っているのだ。今さら簡単に蓋が開くこともないはずだ。

——そうだわ。私の感情よりも、今考えるべきなのはジェラール様の方よ。

ジェラールがどこまでエルネに友好的なのかはわからない。なにせエルネを選んだ基準が、調教のし甲斐があるというとんでもないものだったから。

その発言を思い出すと胃のあたりがズシンと重くなる。彼は一体エルネになにを期待しているのだろう。

とうとう馬車が目的地に到着した。口から心臓が飛び出そうになった。

「ああ、着いちゃったわ。どうしよう……まずはきちんと挨拶をしないと」

銀色のかつらは荷物の中にしまい込んだ。

エルネは馬車の中で数回深呼吸を繰り返す。もうここまで来たらやるしかない。

——よし、頑張ろう！

バクバクとうるさい心臓を宥《なだ》めてから、エルネは気合いを入れて馬車を降りた。

歴史の古いクラルヴァインの王宮は重厚感が漂う造りをしているが、ルヴェリエの王宮は全体的に白くて美しい。雲ひとつない青い空によく映えている。

「はじめまして、エルネスティーネ姫。私がルヴェリエの王太子、ジェラールだ。ようこそ、ルヴェリエへ」

「……っ！」

──ほ、本物のジェラール様……！

謁見の間に案内されたエルネははじめて直接ジェラールを見た。その瞬間、頭に「傾国」と「魔性」の二文字が浮かんだ。

緩くクセのある金の髪は琥珀《こはく》色に近く、混じり気が一切ない。

深い青色をしているエルネの目と違い、ジェラールの目はもっと鮮やかなネオンブルー色だ。パライバトルマリンの宝石をはめ込んだかのように美しい。

その美しさに飲み込まれそうになるのを堪えて、エルネは優雅に挨拶をする。

「お初にお目にかかります、王太子殿下。クラルヴァインの第二王女、エルネスティーネと申します」

老齢の侍女に叩《たた》き込《こ》まれた淑女の礼をとりながら、エルネの頭はくるくる回る。

おかしい。事前に聞いていた情報と違う。

——確か人前では被り物をしているんじゃなかったかしら！

公の場では滅多に素顔を見せないはずだが、嘘だったのだろうか。

謁見の間にはジェラールとルヴェリエの国王夫妻、そして恐らくジェラールの側近と思《おぼ》しき人物が入口付近にいるが、全員動じていない。

限られた人間の前なら窮屈な被り物を外すのかもしれない。だがエルネとは初対面だ。素顔を晒すのは早すぎないか。

——それとも、私の反応を試されているのかも……ジェラール様の顔を見て動じないかどうかを観察しているとか。

王女であれば不測の事態にも臨機応変に対応できるはず。

たとえ予想外のことが発生したとしても取り乱すことはしないだろうと思われているなら納得がいく。

「エルネスティーネ姫、長旅ご苦労だった。疲れただろう。いろいろと話したいこともあるが、まずは旅の疲れを癒《いや》しなさい」

「身体のお加減は大丈夫かしら？　体調を崩していたら大変だわ」

ルヴェリエの国王夫妻がエルネを労った。

国王の髪色は金に茶色が混じった色をしており、目は優しい色合いの水色だ。若かりし頃はモテただろうと思えるが、今でも十分渋くてかっこいい。

そして王妃の髪は美しい胡桃《くるみ》色でペリドットの瞳をしている。王太子の美貌は王妃譲りのようだが、息子とは違って魔性のような魅了は感じられない。

「お気遣いありがとうございます。体調は良好です。馬車の旅ははじめてで少々興奮してしまいましたが、とても有意義な時間を過ごさせていただきました」

「そうか、それならよかったが……エルネスティーネ姫は元々身体が丈夫ではないのだろう？　もう少し時間をかけて移動するのかと思っていたが」

――そうだわ。私は病弱な設定だったのよね。

エルネは意識的に眉を下げた。

「季節の変わり目などは体調を崩すこともあるのですが、幼少期から患っていた喘息は薬で完治しているのです。ただ家族がとても過保護で、元気になってからもあまり長時間外に出してもらえず、社交も姉にまかせっきりになっていました。……ですから私、今回の旅がとても楽しかったのです。たくさんの街を通ってゆったり景色を眺めることができて、本当に貴重な経験でしたわ」

エルネが儚げに微笑み病状が回復していることを伝えると、両陛下の表情から緊張が解《ほぐ》れた。どうやら数日寝込むような事態も考えていたらしい。

「顔色は良さそうで安心したわ。でも無理は禁物よ？」

「ああ、そうだな。今夜は部屋に食事を運ばせるとしよう。いきなり私たちや息子と食事となれば気が休まるどころではあるまい」

「お心遣いありがとうございます」

――なんてお優しいの……！

随分良心的な人たちだ。

大国を担う者は当たり前のように気遣いができるのかもしれない。実の両親を思うと胸の奥がチクッとするが、意識的に頭の片隅へ追いやった。

「私としては一刻も早くエルネスティーネ姫との仲を深めたいところなんですが。お茶に誘うのも控えた方がよろしいかな？」

ジェラールがエルネに向けて微笑んだ。

その暴力的なまでのキラキラした笑顔がエルネの目を刺激する。とても眩《まぶ》しい。

――本物に慣れるまで目を合わせるのは避けたいかも……鏡越しなら問題なかったけれど、あれは魅力が半減されていたんだわ。

眼鏡がほしい。できれば色付きのものがいい。

じっと見つめられるだけで毛穴から汗が噴き出しそうだ。心拍数が速いのは緊張しているからだろう。濃厚な色香を吸ったら酩酊《めいてい》状態に陥りそう。

「いや、お前といたら休まるはずがないだろう。体力だけでなく気力も消耗してしまう」

国王が助け船を出した。

その発言には同意なのだが、なかなか辛辣である。

「なるほど。私と一緒だとエルネスティーネ姫は気が休まらないと」

「初対面の王女が気を失っていないのだぞ？　どれだけ彼女が神経を使っていると思っているんだ」

「そうよ、ジェラール。そもそも今日の顔合わせでは顔を隠すという話だったのに、なにも装着していないなんてなにを考えているの。あなたの美貌は魔性の類《たぐい》とまで呼ばれているのですから周りへの配慮が必要よ」

――……王妃様、さすがに言い過ぎでは……。

親子仲はあまりよろしくないのだろうか。エルネはハラハラしてきた。

だがジェラールはシレッとしている。この程度は日常茶飯事なのかもしれない。

「まわりくどいことは好かないので。いつかバラすなら初対面からの方がいいでしょう。段階を踏んで顔を晒すなどまどろっこしい。それにエルネスティーネ姫の人となりを判断するのも、これが一番手っ取り早いですよ」

国王夫妻が頭を抱えた。顔を武器に使うことが手っ取り早いとは聞かなかったことにしたい。

――一体どういうことなのかしら。

どうやらエルネの評価は本人が知らないところで上がっていたらしいが、ジェラールに試されていたようだ。

王女としての矜持を保つためにこの場で気丈に振る舞っていると評価されている。普通の令嬢なら気絶するというのを聞くと、美の暴力とは凄《すさ》まじいらしい。

エルネはジェラールの顔に耐性があっただけなのだが、初対面だったらどんな反応をしていたのかはわからない。見惚れすぎてまともな受け答えができないかもしれない。

「あの、殿下。お茶のお誘いありがとうございます。ですがまた明日お誘いいただけますとうれしいです。それと皆様、私のことはエルネとお呼びください」

おずおずと提案する。出しゃばりすぎない匙加減《さじかげん》が難しい。

ジェラールは蜂蜜を混ぜたような艶やかな声で「エルネ」と名を呼んだ。

「……っ！　はい」

ぞわぞわとしたなにかが背筋を駆けた。目には視《み》えない色香が凄まじい。

返事をした声が少々震えてしまったが、気づかれなかっただろうか。

「呼んでみただけだ」

「……はい」

返事をしつつ、顔の熱が上がらないように気をつける。

愛称を呼ばれただけで心臓がギュッと摑まれた心地になるのはどうしたものか。

――だって、今まで鏡の精としか呼ばれてこなかったから……！

名前を呼ばれるのははじめてなのだ。ときめかないようにと思っていたのに、不意打ちはずるい。これは誰でも同じ反応をしてしまうだろう。

鏡を通して何度も見ていた相手だというのに、生身のジェラールの破壊力は凄まじい。

そっと視線を外し、エルネは国王夫妻に視線を移した。

ふたりとも顔立ちは非常に整っているが、ジェラールが纏《まと》う煌《きら》びやかさは感じられない。いや、彼がいるからふたりの魅力が半減して見えるのかもしれない。

なんにせよ、顔を隠すというのはジェラールにとっても周囲の者にとっても苦肉の策に違いない。

——国が傾いたら困るものね。王太子が火種となってしまうのは避けたいところ。

人の魅力は外見ではなく内面だとわかっているのに、外見は重要だ。フローナが頻繁にドレスを新調し、己を着飾るのが好きな理由もわかる気がした。

「ではエルネ。あなたの部屋に案内させよう。今日のところはゆっくり休むといい」

「……ありがとうございます」

部屋の外に侍女長が待機している。そのまま案内を受けるようにと指示をされて、エルネはふたたび礼を告げた。

じっと後ろ姿を見つめられることに居心地の悪さを感じながらも背筋を精一杯伸ばす。緊張から手にじっとりと汗をかいていた。

謁見の間の扉が閉まったと同時に、エルネは心の中で盛大に息を吐いたのだった。

◆　◆　◆

「どうです？　私が思った通り、なかなか見どころがあると思いませんか」

エルネが去ったと同時に、ジェラールは笑みを深めた。面白そうな玩具《おもちゃ》を見つけたとでも言いたげな顔をしている。

そんな息子の様子を見て、国王は小さく嘆息した。

「そうだな、肝が据わった王女だとは思うが。お前の顔を見ても失神することもなく顔色を変えずに受け答えができるとは思わなかった」

「気絶まではしなくても放心状態にはなるかと思っていたわ。これまでの令嬢たちのように」

王妃がそっと視線を遠くに向けた。

ジェラールが十六歳のとき、婚約者の選定が行われたのだが令嬢たちを集めたお茶会は凄まじかった。集団で食中毒でも起こったのかと思ったほど、誰ひとりとして正気を保てている令嬢はいなかった。

〝悪夢の三日〟にならないようにジェラールの目元は仮面で隠していたのだが、滲《にじ》み出《で》る色香は隠しきれなかったらしい。

国王夫妻は婚約者の選定を中止にせざるを得なかった。顔が良すぎるというのは毒に等しいようだ。

以来、ジェラールの神々しいほどの美貌は魔性とも呼ばれている。褒め言葉かどうかは微妙なところだ。

「私たちは見慣れているから問題ないが、お前のその美貌は年々増していないか」

国王は眉を顰めた。悩みの種が根深いのはどうしたものか。

「成熟した大人の魅力というものが溢れてしまっているようですね」

口角を上げて笑う顔にはなにやら悪巧みが浮かんでいるように見える。使いようによっては簡単に他者を洗脳できてしまうことを理解している。

「まさかと思うが、エルネスティーネ姫を早々に洗脳しようなどと企《たくら》んでいないだろうな？」

「そんなことをしたらつまらないでしょう。私は人形に興味はありませんよ」

きっぱり言い切るが、なんとも不安になる返しでもある。国王夫妻の顔から苦悩が消えない。

ジェラールは子供の頃から愉快なことが好きで退屈を嫌う。

国王の胃痛の種は、息子が信者を作りかねないことだ。彼を祀《まつ》る宗教が発生してもおかしくはない。民衆の偶像崇拝はときに膨大な力になる。

「彼女には見どころがありそうです。私の顔を見て倒れるような令嬢だったら、婚約は白紙に戻したかもしれません」

「書類上はもう婚約が結ばれているのに白紙だなんて無茶《むちゃ》を言うな。それに遠路はるばるって来てもらっておきながら、そんなことを考えていたのか。王太子妃の教育として、無理を言って王女を城に呼び寄せたのはお前だぞ？　準備期間などほとんど与えなかっただろう」

「致し方ありません。彼女にはどうやら悪女の噂がありますので。そのような女性なら悪知恵が利くと思ったのですよ。期間が長引けばよからぬものを入手しやすくなりますし、王女の私物を改めることも難しいでしょう。出立まで一週間というのは十分長いと思いますけどね」

　一理ある。国王は唸《うな》りたくなった。

「……だがな、まともに衣装を仕立てることもできやしないではないか」

「すべて我々が用意するので旅装だけで問題ないと伝えていたはずですが」

　ジェラールはシレッと答えた。

　着の身着のままでやって来てくれて構わない。衣服代にどれだけ要求するのかを把握できる機会でもある。金銭感覚が常軌を逸していたらルヴェリエの王太子妃としては相応《ふさわ》しくないだろう。

——それに、下手に別れを惜しむ時間を与えれば、一体何人の男を寝所に連れ込んでいたことやら。

エルネスティーネ姫は散々甘やかされてきた王女だ。寂しいからと、見目のいい男を部屋に招くという噂は把握済みである。

婚約期間は短くても半年以上になるだろう。他の男の子供を孕《はら》んでいる可能性もゼロではない。

ジェラールが手を出す前に腹が膨れればさすがに婚約は解消になる。身持ちの軽い王女に帰る場所があるかはわからないが、大国の王太子妃としては相応しくない。

彼女にまつわる噂が本当かどうかは時間が明らかにしてくれるだろう。

だが王女の方も自分の婚約者が常に被り物を身に着けている変人となれば、拒絶されてもおかしくはない。

ジェラールはくすりと微笑む。本気で嫌がられる光景を想像するだけで愉悦感がこみ上げてきた。

「王女の悪評がどれほどのものかはわかりませんが、悪ければ悪い方がいい」

「何故だ」

「調教のし甲斐があるでしょう」

ジェラールの笑顔とは真逆に国王の頬は引きつり、王妃の眉間に皺《しわ》が寄る。

気位が高く高慢で、人に懐かない猫を手懐《てなず》ける楽しさに近い。

「ただひとつ意外だったのは髪色でしょうか。黒とは珍しい」

「ああ、確かにな。だがエルネスティーネ姫の情報はほとんどが公にされていない。双子の姉のフロレンティーナ姫は銀色の髪をしていることで有名だが」

銀と黒の対比で無意識に比べられて育ったのだろうか。

明るい色の髪しか生まれていない王家に黒が交じれば異質に映っただろう。

「我が国で黒が珍しいわけではないですが、クラルヴァインでは隔世遺伝でしょうね。数代前には黒髪の王族がいたはず」

そこまで考えて、ジェラールはどうでもいいなと思考を切り替えた。正直なところ自分の容姿も他人の容姿もあまり興味はない。

ただジェラールのことはすぐに惚れられたらつまらない。わがままで根性のある王女を屈服させたいが、それまでは抵抗しまくってほしい。

「殿下、悪い顔をしてますよ。悪巧みをしている顔ですよ。お相手はまだ十八歳の王女様なんですから、大人として節度のある接し方をしてくださいね」

側近であり乳兄弟でもあるマルタンがジェラールを諌《いさ》めた。

二十六歳と十八歳なのだから、ジェラールが大人の男として婚約者を尊重するのが当然だろう。

「人は顔じゃなくて心です。顔だけで惚れられたら後々の夫婦生活が破綻しますよ！」

マルタンの囁きに王妃が深く頷《うなず》いた。

「男の甲斐性《かいしょう》ももちろん大事ですよ」と呟くあたり、なにやら実感がこもっている。

「マルタン、部屋に戻るぞ。それでは父上、母上、失礼します」

ジェラールはマルタンから被り物を受け取ると、慣れた手つきで頭に装着した。

この日は百獣の王を模した被り物だ。鬣《たてがみ》まで本物のようにこだわっている。

当然ながら剝製《はくせい》の類ではなく、動物の革を鞣《なめ》して一から作り上げた作品だ。

腕のいい職人に特別に作らせたものであり、特殊な技術が必要なため量産はできないと言われている。

それなりに値段も張るが、金遣いが荒くないためジェラールの懐は痛まない。慣れれば視界も問題なく簡単なお茶も飲める優れものだ。種類が豊富なのも重宝している。

「もっと可愛《かわい》らしい被り物を選んでいたら、エルネスティーネ姫とも装着した姿でお会いできたのでは」

「可愛いものなんてあったか？　草食動物なら馬しかないぞ」

「馬は職人が面白がって変顔しているやつじゃないですか？　他にもあれば構いませんけど。無難に白熊なら女性からも好印象だったと思いますが」

王宮内を歩きながらマルタンが助言する。

肉食動物の被り物をした姿で対面したら、ジェラールの素顔を見たときとは真逆に固まるだろう。眼光の鋭さが本物に忠実すぎて、見慣れていないとドキッとする。

「エルネを驚かせないように紳士的に振る舞えというのは理解できるが、いっそのこと驚かしてやりたくなるな」

「ダメです」

「この顔にも動じなかったほど肝が据わっているなら、なにが彼女を驚かせるのか試してみたいと思わないか」

「だ、ダメですよ！」

成人年齢に達したばかりのお姫様になんてことを！　とマルタンが慌てるのが愉快だ。

物怖《ものお》じせずにジェラールの目をじっと見つめてきた女性は、身内以外ではほぼいない。すぐに視線を逸《そ》らされてしまったが、海のように青い目に見つめられたのはなんとも言えない気持ちにさせられた。

——悪くなかったな。

考えれば考えるほど悪くない。むしろ彼女の外見はとても好みだ。

自分の直感だけで婚約者を選んだのだが、いい選択をしたのではないか。

ジェラールは女性の容姿にさほどこだわりはないが、エルネの顔はしっかりと思い出せる。

一度会っただけの女性など興味がなければ忘れてしまうが、しっかりと意思を持った青い目も艶《つや》やかな黒い髪も小さな唇も、何故だかすべてが好ましい。

——あの目を潤ませて睨《にら》まれたら……ああ、いいかもしれない。

涙を堪えながら睨んでくるわがままな王女。

思惑通りにいかず癇癪《かんしゃく》を起こすことしかできない非力な少女に世の道理を教え込んで、快楽で堕《お》とす。

矜持の高い姫が顔を涙でぐしゃぐしゃにさせてむせび泣いたら、腹の底からぞくぞくとした愉悦がせりあがってきそうだ。

真っ赤な顔で泣きじゃくる彼女をよしよしと慰めてみたい。泣かせているのも自分なのだが。

想像するだけで愉快な気持ちになってくる。エルネの泣き顔はそそられるだろう。

そう感じている時点で、随分と彼女を気に入ったらしい。

「さて、噂に違《たが》わない悪女だったら期待通りだが、いつになったら本性を表すかだな」

「殿下って実は女性に振り回されたい人だったんですね。嗜虐《しぎゃく》趣味があるのかと思ってひやしてましたけど」

「嗜虐趣味とは人聞きの悪いことを。私は女性に振り回されるよりは振り回したいと思っているぞ。それになんでも自分の思い通りになると信じている令嬢に世の厳しさを直視させてやるのは優しさだろう？」

「悪女だったら遠慮なく殿下の性格の悪さを見せられると思ってるんですね……納得しました」

「……」

性格が悪いと面と向かって言えるのはマルタンくらいだろう。自分でも自覚があるだけに
ジェラールは黙って聞き流す。

私室に戻り、マルタンには執務室で待機を命じた。急ぎの仕事は片付けているため、まだ
時間に余裕はありそうだ。

ジェラールは寝室の奥にある部屋へ向かった。

小ぢんまりとした物置部屋だ。ジェラールの幼少期からの思い出の品や不用品を保管している。

カーテンを開けて陽の光を取り込む。

壁には古びたアンティークの鏡がかけられている。

鏡を覆う天鵞絨《ビロード》の布をどかし、ジェラールは獅子《しし》の被り物を外した。

素顔を鏡に映し、いつも通りの台詞を唱える。

「鏡の精、そこにいるか」

マルタン以外の長年の知人、いや友人とも言える相手を呼び出す。相手の顔は映らないが、

年齢も性別も不明な声の主と会話をするのは嫌いではない。

数秒後、鏡の表面が水面のように揺らめいた。

【……どうしましたか、ジェラール様】

中性的な声はいつもより少し上ずっていたようだが、鏡の精の声を聞くと安心する。

なかなか見どころのある婚約者が城にやってきたことを報告するために、ジェラールは口許に笑みをのせた。

第三章

「……うまい具合に婚約解消にならないかしら」

ルヴェリエに滞在してから五日目の朝。

エルネは早くも音を上げそうになっていた。

「エルネ様、どこで誰の耳があるかわからないので誤解を招くような発言はおやめくださいね」

ギーゼラは朝の身支度を手伝いながらエルネに注意する。

「わかってるわ……でもちょっとくらい弱音を吐かせてちょうだい」

鏡台の前で髪の毛を丁寧に梳《す》かれながらエルネはそっと嘆息した。鏡に映る自分の顔色はなんだかすっきりしない。

「ずっと引きこもり生活をされていたエルネ様が大勢の人間と交流をされるのは、さぞかしお辛いとは思いますが」

髪の毛を複雑に編み込みながらハーフアップに結われる。ギーゼラの言葉通り、これまで身近な人間は数名しかいないような生活から、覚えなくてはいけない人間が大勢増えた。名前と顔はもちろんのこと、貴族同士の交友関係と役職まで覚えなければいけない。

それにエルネ付きの侍女たちとの交流もはじまったが、ギーゼラのように私的な会話は一切なし。それどころか避けられているようだ。

——私の悪女の噂を絶対聞いてるのよね……！

朝の紅茶を淹れてくれた後も部屋の外で待機している。エルネの逆鱗《げきりん》に触れたくないということだろう。最低限の接触だけで、仲良くなれる兆しが見えない。

結局身支度はギーゼラにまかせっきりだ。彼女の負担は減りそうになかった。

「昨日から本格的な教育もはじまったことだし、気合いを入れなくてはいけないのだけど……」

エルネはそっと、鏡台の上に置いてある手鏡に視線を落とす。

アンティークの手鏡の保管場所をどこにするか考えていたが、迂闊に放置できないでいた。何故ならいつジェラールから呼び出しを食らうかわからないからだ。

——まさかはじめての顔合わせが終わった直後に呼び出されるなんて思わないじゃない！

国王夫妻を含めた謁見の間を退室後、エルネの部屋へ案内されてから間もなくして鏡が青白く発光した。

エルネは急遽《きゅうきょ》「お花を摘みに……」と濁してひとりの時間を確保したのだ。

思った通りジェラールからの呼び出しだったのだが、まさか婚約者と挨拶をした直後に自分の報告を受けることになるとは思わなかった。

照れくさい気持ちとむず痒《がゆ》い気持ちが混ざり合う。

なんとも羞恥に似た感情を耐え抜いたが、人目のある城内で頻繁に呼び出しを食らっていたらたまらない。

——病弱な王女から、お腹を頻繁に壊す王女と思われちゃうわ……！　恥ずかしい。

お花を摘みにという言い訳も毎回は難しい。

次に呼び出されたら、鏡の精も暇ではないのだと言ってみようか。

いや、呪いの鏡に閉じ込められているのに、暇じゃないと言っても通用しない気がする。

結局いい解決策が浮かばず、結果エルネは鏡を持ち歩いているのだ。

今まではひとり時間が長かったため、まったく人目を気にすることもなかったが。今後は万が一誰かに盗まれでもしたら面倒なことになってしまう。

鏡を通じて離れた相手と会話ができる通信機など聞いたこともない。このアンティークの手鏡以外。

魔女の逸話が数多く残るクラルヴァインでは、そのようないわくつきのものがあってもおかしくないだろうと思っていたが、よくよく考えるとどういう理屈なのかわからない。

——この鏡って本当に呪われていたりして……。

手鏡を発見したときのことを思い出していると、ギーゼラがエルネに声をかけた。

「はい、終わりました。いかがですか？」

ハーフアップにした髪に髪飾りをつけられた。

「ありがとう、ギーゼラ。とっても素敵だわ」

「よかったです。今日の薄紅色のドレスにぴったりですね」

エルネが纏うドレスはルヴェリエ側が用意したものだ。

着の身着のままでいいと言った通り、ドレスも寝間着も下着にいたるまで、エルネにぴったりのものを用意されている。

上質なドレスの生地はクラルヴァインのものよりも肌に馴染《なじ》みやすい。過度な装飾がなくても十分華やかで、そして身体の線が綺麗に見える。

「……こんな素敵なドレスを着させてもらって、広い部屋でゆったりと朝の身支度をする生活をしているなんて。少し前の私なら考えられないんだけど」

「エルネ様はあまり着飾ることに興味がなかったですものね……アロイス殿下から支給されるもの以外は受け取らずにいましたし。その代わり夜更かしをされて趣味に没頭されてましたね」

「夢中になっていることがあるとつい、きりがいいところまでやりたくなっちゃうのよ。読書と同じよ。それに限界まで眠気を我慢してから寝た方が気持ちいいもの」

エルネの手がわきわきと動く。

クラルヴァインからの移動時間を含めて、もう随分針を持っていない。荷造りの一週間を含めると三週間近くも趣味の小物作りができていないのだ。

そろそろなにか作りたくてうずうずする。

頭を空っぽにしてレース編みに没頭したい。キラキラ光る宝石のルースで新しいジュエリーが作りたい。

あとはルヴェリエ産の布を使って、久しぶりに等身大のぬいぐるみも作ってみたい。抱き心地がとびきりいいやつだ。抱き枕にするのもいいだろう。

――時間が、時間がないのよ……！

「思う存分趣味の活動がしたいわ！　禁断症状が出てきそう！」

朝は決まった時間に起きて、規則正しい生活を送らなくてはいけない。それだけで自由に生きてきたエルネとしてはシンドイものがある。

朝食はジェラールと共に食べることが決まっている。国王夫妻が同席することはないが、ジェラールとは毎朝顔を合わせなくてはいけない。

使用人がいる場所でのジェラールは仮面をつけて食事をとる。頭はすっぽり覆い、口許だけ見せた姿は不審者と思われてもおかしくないが、周囲の人間は慣れているらしい。

顔の半分が見えない分ジェラールから放たれるキラキラは減少する。その方が心臓にも優しいのだが、まだ顔を隠した相手と食事をとることに慣れない。

エルネはそれなりに自由人だと思っていたが、ジェラールの方がよっぽど自由に生きていそうだ。常識という枠など簡単に取り払ってくれる。

——顔を隠されるのが残念と思う反面、安心もしているわ。だって緊張して食事が喉を通らなくなるもの。

早くも初恋をしまい込んでいた箱の鍵が緩んできている。鏡越しではなく対面でジェラールと会えることに密かに感動しているのだが、ずっと心臓が忙《せわ》しなくなるので意識的に気持ちを抑えていた。

まだ大丈夫だ。恋心は復活していない。

そう思いながら、毎朝ジェラールの奇抜な被り物に意識を集中させている。

「……殿下の今日の被り物はなんだと思う？」

「昨日は猛禽類《もうきんるい》でしたね。案外今日は草食動物の可能性もありそうですが」

ギーゼラの意見に頷いた。確かにその可能性も高そうだ。

ちなみにギーゼラはジェラールの素顔を拝見したことはない。彼の素顔は魔性のような美しさだったと伝えている。

「ところで王太子妃教育の名目でルヴェリエに来ているけれど、この状況ってあとどれくらい続くのかしら。今ってルヴェリエの王太子妃に相応しいかを見定められている期間だと思うのよね。私が力不足だと判断されたら、婚約は解消になるんじゃないかって思っているのだけど」

「はぁ……そうなのでしょうか。そのような噂は出ていないようですが」

ギーゼラは少しずつ情報収集をしているらしい。ルヴェリエの侍女と交流を深め、エルネが早く城に馴染めるようにと陰ながら支えてくれている。

「だってもしも殿下が、思っていたのと違ったと言ったらそこで終わりだと思わない？　つまり私が殿下の期待していたような女性じゃなかったら強制送還になるんじゃないかしら」

「エルネ様はそれでいいのですか？　ルヴェリエから追い出されてクラルヴァインに帰りたいと？」

ギーゼラの形のいい眉がほんのりと寄せられる。

心配そうに見つめる視線を受けて、エルネはそっと目を伏せた。

「国に帰るのは難しいと思っているわ。私の居場所は今度こそないと思うもの」

――お兄様が即位されたら待遇が変わってくるとも思っているけれど、まだ当分は先のこと。

はじめて国を離れたのに、寂しいという感情がまったく湧いてこない。その時点でエルネの心は国から離れているのだろう。

アロイスはよくエルネに告げていた。自分が国王になり実権を握るようになったら、エルネを解放して自由を与えたいと。

「もしも婚約が解消されてクラルヴァインに帰ったとしたら、お兄様が即位されるまでの数年を離宮以外に閉じ込められるかも。それにエルネの名前はもう名乗れない」

エルネスティーネ姫は密かに死んだことにされ、新たな名前でどこかの貴族の養子に入り、顔も知らない男との政略結婚が待っているはずだ。

だがもしもエルネが適齢期を過ぎていたら、ろくな縁談相手も見つからないかもしれない。生まれたときからエルネの存在は厄介者扱いだ。双子の迷信と魔女の恐れのせいで。

「平和な幽閉生活はもう無理だと思うわ。フローナが散々私の名前で好き放題していたのだし、ルヴェリエの王太子に捨てられたわがままな王女なんてよくて修道院送りかしら。それにエルネの病弱な設定は使えないとなると、社交界にも出なくてはいけなくなるわね。お母様が許さないだろうから、クラルヴァインに帰国する前に殺される可能性も捨てきれない」

「エルネ様……」

ギーゼラの表情が苦々しく歪んだ。

社交界デビュー以来公の場に出なかったのだから、クラルヴァインに戻ったら国民の前に姿を現す必要がある。それをエルネの両親が良しとはしないだろう。

特に王妃はエルネを本気で魔女の生まれ変わりだと信じているのだ。公に出るならその前に暗殺されてしまうかもしれない。

王妃にとって、娘はフローナひとりだけ。エルネの存在はなかったことにされている。魔女の伝承が数多く残る国ではあるが、魔女の呪いについてはわからない。魔女を幽閉していたとされる離宮も、少し怪しげなアンティークが残っているくらいだ。

「命の危機があるかもしれないなら、やっぱり国には帰れないわ……。となると、なんとかルヴェリエで頑張るしかないわよね。なにが最善なのかわからないのだけど、できることをやらなくちゃ」

「エルネ様がご自身の幸せを求めるなら、ルヴェリエで幸せを摑《つか》み取《と》るしかありません。そのためにも殿下とは心を通わせることが最善ですわ」

「心を通わせる……って、つまり」

「殿下に恋をするのです」

エルネの表情は一瞬で固まった。

——あのジェラール様に、恋……！

とっくの昔に初恋を閉じ込めた箱がカタカタ音を立てそうだ。

だがエルネが抱いていた淡い恋心は鏡越しで接してきたジェラールに向けていたもの。生身の彼と接したらどんな感情が芽生えるかわからない。

——恋愛が解禁されたとしても、すぐに恋心が湧いてくるほど単純じゃないのだけど！

まさか今度は好きになる努力をしないといけないとは難題すぎる。

「そんな、すぐに恋なんて……」

「まずは殿下のいいところや、好ましいところを見つけてみてはいかがですか？」

「好ましいところ……容姿以外で？」

「容姿ももちろん大きな要素ですが、内面も大事です」

ギーゼラいわく、相手に少しでも興味を持つことが大事らしい。ひとつでも好ましいところが見つかれば、自然といいところが目に入っていく。

「恋をするにも減点式はうまくいきません。加点式にしたら、好きなところがたくさん増えていきます」

「なるほど……それは実体験に基づくものなのかしら？」

「黙秘します」

はぐらかされてしまった。

だがエルネは一理あると納得する。

――いいところが増えていくたびに尊敬するし、尊敬がやがて恋心になるかもしれない。きっと気づいたらとっくに相手に落ちていそうだ。好ましいと思う感情の先に、恋心が生まれるのではないか。

――そういえば、鏡越しで私が知らない世界をたくさん聞かせてくれたから、自然と惹《ひ》かれたんだっけ。

ジェラールは気まぐれや退屈しのぎで鏡の精と交流をしていたに過ぎないのだろう。それでもエルネにはそんな彼の優しさがうれしかったのだ。

うれしいから好きというのは幼稚すぎるかもしれないが、まだ純粋な子供だったのだから仕方ない。

だが成人を迎えたエルネには考えなくてはいけないことが増えてしまった。

――本当に好きになってもいいのか、傷つかないかがわからないと好きになれない。なってはいけないって思ってしまう。

「……私が殿下を好きになっても、殿下が私を好きにならなかったら不毛では？」

片想《かたおも》いの苦しさを味わう羽目になる。

「一方通行の経験もエルネ様を成長させてくれますよ。それにエルネ様の素敵なところを殿下に知ってもらえたら、きっと殿下もメロメロになりますわ」

「ええ……と、それはどうかしら」

ギーゼラには身内の欲目というものが働いている気がする。

だがジェラールも国王夫妻も、エルネの黒い髪を見ても嫌悪していなかった。本能的な恐怖を抱かれていないのなら、努力次第で相手から心を貰《もら》えるかもしれない。

「とりあえず、私がやるべきことが見えたわ。クラルヴァインには帰らないでルヴェリエで居場所を確保すること。殿下の好ましいところを見つけて恋をすること。あとは片想いが実ったら少しずつ趣味の時間をもらって、最終的には離宮と同じようにルヴェリエでも引きこもり生活を送ることを目標にするわ！」

「最後のは厳しいと思いますが、概《おおむ》ねよろしいかと」

――ジェラール様は私を好きになってくれるかしら。

興味本位だけで選んだ婚約者が予想以上にタイプだったと思ってくれるだろうか。ジェラールが恋をしたらどんな風に変貌するのか想像がつかない。

ギーゼラに薄く化粧を施されてから、朝食をとりに食堂へと向かった。

◆　◆　◆

――今朝は馬なのね。

朝食の席でエルネを待っていたジェラールは馬の被り物をしていた。茶色の革を加工して作られた馬には鬣もきちんと縫い付けられており、完成度がとても高い。

「おはよう、エルネ」

「おはようございます、ジェラール様」

被り物をしていると視線をどこに合わせていいのかわからない。

目は見えているらしいが、視界は狭まっていることだろう。

──草食動物の予想は的中したわね、ギーゼラ。

近くで控えているギーゼラに視線を向けたくなるが、エルネはグッと堪えた。

白いテーブルに並べられた朝食は種類が豊富で、新鮮な果物が毎朝食べられることが楽しみだ。今まで離宮で与えられてきた質素な食生活と比べると、ルヴェリエでの食事は豪勢だ。

──バターがたっぷり練りこまれた香ばしいパンとふわふわなオムレツに瑞々《みずみず》しいサラダ。玉ねぎがしっかり煮込まれたスープと、新鮮な果物が好きなだけいただけるなんて贅沢すぎるわ。

一口味わうたびにジーンと噛《か》みしめてしまう。離宮での暮らしに不自由はなかったが、強いて言えば食べ物は味気なかった。

「エルネは食べることが好きなのか」

テーブルの向かい側に座る馬が喋った。

くぐもった声なのに不思議と耳に届く。

「はい、食べることは好きですわ」

──今まではあまり興味がなかったけれど。

好きなことに没頭していると食生活は疎《おろそ》かになる。

離宮に提供される食事はいつも冷めていて、かびが生えたパンが交じっていることもしばしばあった。そのたびにギーゼラが厨房《ちゅうぼう》まで取り替えに行ってくれたり、忙しいアロイスも配慮してくれていたが、次第にお腹を壊さずに食べられればいいかと思うようになっていた。

手軽に食べられる簡単な食事が主で、こうして朝からきちんと食べることは滅多になかった。

「どれもおいしいので食べ過ぎてしまいそうです。皆様とても腕がいいのですね」

「なるほど、クラルヴァインの食よりも口に合っているようだな」

エルネはにこやかに微笑みながら、「クラルヴァインが財政難で王族の食生活は質素なんて思われていないわよね？」と内心考える。

財政難という話は聞いたことがないし、家族はきちんとした食事が提供されていたはずだ。フローナはチョコレートをふんだんに使ったケーキを好んで食べていたはず。

「国が違えば食の文化も異なるのでしょう。ぜひともジェラール様の好きな食べ物も教えてほしいですわ」

被り物の隙間から器用に食べる技術には素直に驚いた。飲み物を飲むときは顎の部分をずらしている。

「私の好きな食べ物か。これといったものは思いつかないな」

「……好き嫌いはないということですか」

「出されたものは食す。前菜からデザートまで順番に」

なんとも王族らしい。苦手なものを気づかれないように、まんべんなく食しているのだろう。

——弱みを見せないためなのか、あまり食べ物に関心がない方なのか……わからないわ！

鏡の精としてもそんな話題はしなかった。一方的にジェラールが話して相槌《あいづち》を打つことが多かったので、彼の好みを把握しているわけではない。

「では甘いものはいかがですか？　お茶菓子などは」

「人並みには食べていると思うよ」

恐らく馬の下では微笑んでいるのだろうが、なにせ馬だ。表情が一切見えない。

——好ましいところを見つけるはずが、つかみどころがなくて難しい……。

エルネは社交辞令のような笑みを貼り付けた。

最後まで視線をどこに向ければいいのかはわからなかった。

朝食の後はエルネが最も苦手とする歴史と古語の授業が入っている。

クラルヴァインとルヴェリエは大陸の共通語を話すため言語に困ることはなかったが、歴史と古語は異なるのだ。

クラルヴァインの歴史は最低限学んでいるが、ルヴェリエのことまでは勉強不足だとはっきり告げている。

幸い病弱な王女という設定が役に立った。長時間本を読むことも主治医に止められていたことを告げると納得してもらえたようだ。本当は最低限の勉強しかしてこなかったのを後悔したのだが。

分不相応なほどの相手を釣り上げたものである。大国の王太子妃教育の大変さに早くも音を上げそうだ。

みっちり頭に詰め込んだ知識をなんとか処理していると、次は音楽の授業だ。

「ルヴェリエは芸術大国ですから。妃殿下となられるエルネスティーネ姫にも楽器のひとつやふたつは習得していただかないと。なにか特技はございますか？」

「だ……打楽器を少々」

あまり技術が不要な打楽器を述べると、著名な音楽家である講師はエルネにルヴェリエの伝統的な弦楽器を押し付けた。

「では一通り特訓しましょうか。みっちりと」

――えええぇ……！

クラルヴァインで相当甘やかされたわがまま王女だと思われたに違いない。講師の顔が笑顔のまま凄《すご》んでいる。

冷や汗をかきそうになりながら、初心者向けの楽譜を渡された。明日は妙なところが筋肉痛になりそうだ。

一時間の昼食を終えると、次はダンスのレッスンだ。あえて踵《かかと》の高い靴に履き替えさせられる。

「エルネスティーネ姫は身体が硬いので、寝る前にきちんと身体を解すように」

「はい……」

これまた手厳しい講師がエルネを指導する。数多の令嬢を社交界に送り出してきた人物らしい。

エルネが病弱だったという設定はここでも生かされた。満足に動けず、そして過保護な家族に甘やかされて育ってしまったという話で通されている。

ドレスの下ですでに足がプルプル震えそうになっているのを堪えていると、ふいに扉が開かれた。

「邪魔をする」

「殿下」

——え、ジェラール様？　なんで急に！

そして何故また被り物を替えているのか。

今朝は茶色の馬だったのに、白馬になっている。一体馬の種類はいくつ保有しているのだろう。

黒い瞳がつぶらで可愛らしい……と思いながら慎重にジェラールの様子を窺う。

一体なにをしに来たのだろう。

——ダメよ、好ましいところを見つけるって言ってたじゃない。午前と午後に被り物を交換したくなる理由があるかもしれないし、気分転換だけかもしれないわ。

決して変人の気まぐれというだけではないはずだ。それにエルネの顔が見たくなっただけかもしれない。……そんなことがあるかはわからないが。

表情を変えずに白馬の顔を見つめていると、ジェラールは真っすぐエルネの傍にやって来た。

「午後はダンスの練習をしていると聞いた。練習相手が必要だろう？　私が相手になろう」

ジェラールがエルネに手を差し出す。これを断ることは難しい。

「わざわざありがとうございます。私のために時間を作ってくださったのですね」

「婚約者のためだ。当然だろう」

被り物越しのくぐもった声ながら艶っぽさを感じた。

魔性の美貌を持つ男に極上の声まで備わっていたら、周囲は仕事どころではないだろうとしみじみ思う。

エルネはそっとジェラールの手を握った。顔は隠していても手は素のまま。手袋をしていない手から彼の体温が伝わってきて、不意打ちのようにドキッとする。

——当たり前のことなのに、男性と手を握ったことなんてないから……！

ダンスの講師は男性役もできる女性だ。

ジェラールの手に包まれているだけで心臓が落ち着かなくなった。兄のアロイスと手を握ったときは安心感しかなかったのに、この差は一体なんだろう。

「ダンスは初心者だったな。全然踊ってこなかったのか？」

「え、ええ、お恥ずかしながら……少しの練習で息が上がってしまって。でも今は体力もついたので大丈夫です」

――滅多に運動しない生活があだになったわ……ダンスだけじゃなくて運動も苦手なのがバレてしまいそう！

一般的な貴族令嬢が全力疾走をすることもないだろうが、ダンスのリズム感もないと思われるのは少々恥ずかしい。

身体の余計な力を抜くように言われ、ジェラールの動きに合わせる。思いっきり彼の足を踏んだが、ジェラールは機嫌を損ねることなく続けた。

「すみません、殿下」

「名前で呼べと言っただろう、エルネ」

「はい、ジェラール様。あ、すみません、また踏んじゃって」

「このくらい構わん。踏まれる覚悟もなければ初心者の相手に立候補はしない」

クスリと馬が笑ったようだ。気配しか感じ取れないが。

表情がわからないためジェラールがなにを考えているかは、彼の言葉と声の温度からでしか推測できない。

構わないと言った声にはなんとなくからかいの色が混ざっていたようだ。

——昔から面倒見がよくて優しいところもあるのよね。踏まれても怒らないし責めてくることも言わないし……でも内心、下手くそだなって思ってそうだけど！

次に鏡の精を呼び出したときに本音が聞けそうだ。

彼は鏡の精にならなんでも本音を垂れ流しにする。側近のマルタンにも言えないような不満を鏡の精で発散しているらしい。

——きっと私はジェラール様のそういう一面も知っているから、自然とこの人を受け入れているのかも。

普通の令嬢なら馬の被り物をしながらダンスをするなど、拒絶感が湧いてもおかしくない。初対面の挨拶で魔性の美貌の虜にされたら見どころナシで強制送還だったかもしれないが。

「エルネ、ドレスのポケットになにを忍ばせている？」

「はい？」

片側だけ重みがあることに気づいたらしい。

エルネはうっかり手鏡をポケットに入れたままだったことを思い出した。

——あ、靴を履き替えることしか頭になかったわ！

「……唇の保湿クリームですわ。少し乾燥気味で」

この場で手鏡は見せられない。ジェラールが持っている鏡は姿見だと聞いていたが、何らかの共通点があったら勘付くかもしれない。

「そうか。侍女に預けずに持っているのか」

「ふふふ……いつでも潤わせたくて」

そういうエルネの唇は特に潤ってはいない。矛盾に気づかれないようにそっと視線を足元へ向けた。

ぎこちない動きながらも身体が少しずつステップに慣れた頃、エルネはふたたび口を開く。

「ジェラール様、この数日疑問に思っていたことがあるのですが」

「なんだ」

その動物の被り物はいくつ種類があるのか。

そう尋ねようと思っていたのに、エルネの口から零れたのは別のことだった。

「何故私を婚約者に選んだのでしょう」

——……あれ？　間違えたわ！　これじゃなかった！

そんな核心を突くような質問をこの場で投げるつもりはなかった。ギーゼラやマルタンだけならず、ダンスの講師もいるような場で。

ジェラールがどう感じたのかもわからないが、機嫌を損ねたらダンスを止めていただろう。未だに続行しているため、特に気にならなかったのかもしれない。

「あなたを選んだ理由か。単純に興味があったから。私はじゃじゃ馬を調教するのがうまいんだ」

「なるほど、馬だけに……」

頭一個分の差があるジェラールの頭を見上げる。本当にどこで調達しているのだろう、その被り物は。

入口付近で待機しているギーゼラが、エルネに視線のみで突っ込みを入れていた。今の台詞は怒ってもいいところだったらしい。

「私は調教のし甲斐がありますか?」

ふたたびジェラールを窺う。

至近距離から見上げるには首を反らさなければいけない。被り物の隙間からジェラールの顎が見えそうだった。

首と顎の曲線は男性的なのに、顔全体を見つめると女性的な魅力を感じるのだからジェラールの美貌は神秘的すぎて複雑だ。

「さあ、どうだろうな。あなたがまだお淑《しと》やかな淑女の仮面を被っているだけかもしれない」

「被り物をしているのはジェラール様ですわ。私の面《つら》はそんなに分厚くありませんよ」

「確かにそうだな」

ジェラールが笑った気配がした。

──あ、しまった。王女が面なんて言葉遣いはしなかったかもしれない。

つい言葉選びが雑だった。

フローナのように外面だけは完璧で、貴族令嬢を束ねるような手腕は持ち合わせていないのだ。

その反動で裏ではエルネの名を騙《かた》っているのだが、王女としての仮面をしっかり装着しているだけ大したものである。

「今のは聞かなかったことに……」

「もう覚えたぞ」

ぎゅむ、とエルネはふたたびジェラールの足を踏んだ。これもわざとではないのだが、ジェラールには意趣返しと思われたかもしれない。

「すみません」

「気にするな。意外とあなたは気が強い姫だということがわかった」

「私は小心者ですが」

「本当の小心者は自らをそう名乗らないものだ」

──そうなの？　そうとも限らないのでは！

だが大勢の人間と接してきたジェラールが言うならそういうものなのかもしれない。

「ではそういうことにしておいてくださって構いません」

「意外性というのは面白い要素だと思う」

ジェラールがグッとエルネの腰を抱き寄せた。

「……ッ！」

上半身が密着する。まるで彼に抱き着いているかのようだ。

――心臓が落ち着かない……！

緊張して身体が硬くなりそうだ。布越しにドキドキが伝わったらどうしよう。

そんな風に内心あわあわしていると、ジェラールの手がスッと動いた。不埒《ふらち》な指がエルネの腰の括《くび》れをそっと撫でる。

「ん……っ」

身体がぴくんと反応した。今の怪しい動きは意図的に触れたものではなかったか。

「どうした？」

思わず漏れ出た声を聞かれて、エルネは咄嗟に口を噤《つぐ》んだ。きっと耳まで羞恥で赤くなっているだろう。

――完全にからかわれているわ！

思わず睨みたくなるも、馬の被り物越しではジェラールの表情はわからない。

くるくる踊りながらエルネの身体の線を不埒に撫でるなんて、随分器用なことをするものだ。

ふたたび背筋をスッと指で撫でられた。

脚の力が抜けそうになるが、ジェラールに支えられているためダンスが中断することはない。

——身体がなんだかムズムズする……！　変な汗までかきそう。

必要以上に密着しているのは気のせいか、それともわざとなのか。きっと後者に違いない。

「エルネ、足元を見るより私を見ろ」

「う……そうは言われましても、ジェラール様は馬じゃないですか」

「馬の私にも慣れろ。……さて、そろそろ戻らねば」

息が上がっているエルネと違い、ジェラールから呼吸の乱れは感じられない。普段から被り物をしているため、肺活量などが鍛えられているのだろうか。

ようやく身体の密着が解かれた。どっと汗が出そうになる。

「あなたはもう少し体力をつけた方がいいな。この程度でバテてもらっては困る」

「は、はい……そうですよね」

——必要以上に体力と気力を消耗させられたのですけど……。

だがこれもジェラールが被り物をしているからこの程度で済んでいるのだろう。素顔だったらさらに緊張したに違いない。

「ダンスだけの話ではないがな？」

ジェラールの意味深な呟きにエルネは小首を傾げた。なんとなくだが、馬の被り物の下では笑っていそうだ。

ジェラールが退室し、ダンスの練習も終わりとなった。

エルネはギーゼラと共に自室へと戻った。このまま寝台に横たわりたい。

「しばらくひとりで休んでいるから、ギーゼラも休憩をとってね」

「ではなにかありましたらお呼びください」

ギーゼラを下がらせて、エルネはそっと衣装部屋に入った。

隣室にある衣装部屋に入ってしまえば声が漏れにくい。

——多分呼び出しが来るわ。確証はないけれど！

手鏡を持ったまま呼吸を落ち着かせていると、間もなくして鏡が青白く発光した。表面が水面のように揺らめく。

「っ！」

——やっぱり！

ジェラールの行動が予想通りすぎて、喜ばしいのやら困るやら。

いや、やはりこんな風に部屋に隠れてひとりの時間を確保しなければいけないのは大変だ。

【鏡の精、いるか】

先ほどまで聞いていた声が届いた。

ジェラールの格好は変わっていない。だが馬の被り物は脱いでいる。

彼の美貌は凄まじい。鏡を通しているというのに、色香がここまで漂ってきそうだ。

無造作に乱れた髪すら淫靡《いんび》な空気を醸すスパイスとなるのだから、顔面が良すぎると毒になる。

見慣れているはずのエルネもうっかり呼吸を忘れそう。

「こんにちは、ジェラール様。今日はどうされましたか」

――執務で忙しいはずなのに、よく時間があるわね。マルタン様が調整されているんだろうけど……。

心臓を宥めながらジェラールの会話に付き合う。

鏡の精を演じるときは、エルネも意識的に声を低くさせているが、どれほど効果があるかはわからない。

【この数日、婚約者を観察していて疑問に思う。随分と噂されている人物と印象が違うと思わないか】

「と、仰いますと？」

【ダンスで身体が密着しただけで耳まで赤くさせるなんて初心《うぶ》すぎる反応だと思わないか。女性は演技で顔色まで変化できるのか？】

――からかわれていたんじゃなくて試されていたのね？

ふたたび汗をかきそうだ。

悪ふざけでエルネの身体に触れていたわけではないらしい。

エルネは性別に関係なく、顔色を自由自在に操るのは難しいと答えた。

【好き嫌いが激しいのかと思いきやそうでもないようだ。食い物は全部うまそうに食べるし、まったくわがままを要求してこない。朝食の席でも控えめだ。むしろクラルヴァインではなにを食っていたんだと思うほど、なんでも満足そうにしている】

――食い意地が張ってるって思われたみたいだわ……。

これは少々恥ずかしい。

だがルヴェリエは芸術以外に食にも力を入れている美食の国なのだ。他国の王族が感動することもあるだろう。

「それはよかったではないですか。ルヴェリエの食文化を喜んでくださっているのでしょう。お口に合ってなによりですね」

【もっと要求してくるだろうと思ってあえて質素な朝食にしていたんだが】

――ええ、そうなの!?　あれで？

バターがしみ込んだパンと玉ねぎが煮込まれたスープに新鮮なサラダとオムレツ。そして瑞々しい果物。

エルネにとっては十分すぎるほど豪華な朝食なのだが、ジェラールの基準では質素らしい。

一体毎日なにを食べているのだろう。

【わがままらしいことは言わず、すべて受け入れている。これも演技ではないということか】

「さあ、演技かどうかはわかりかねますが……これまでの話を聞く限りでは、確かに控えめなお姫様という印象ですね」

自分のことを控えめと表現することに違和感はあるが仕方ない。他にいい表現がなかったのだ。

タンパク質は卵で摂取できるし、エルネはそもそも朝ごはんを食べなくても問題ない。十分すぎるほどの朝食だ。

ダンスの練習でも、足を何度も踏まれたがその都度謝られたと言っていた。わざと踏んでいる気配もなく、馬の被り物をしていることに気を悪くした様子もなかったとか。

【拍子抜けにもほどがある】

一体エルネがなにで機嫌を損ねるのかを計っていたらしい。

気づかないところでも試されていたと知り、頬が引きつりそうになった。

「そんなに試す真似《まね》をせずとも、正面からぶつかったらよろしいのでは？　というかジェラール様は婚約者が気に食わないのですか？　見た目も好みではないとか」

そうだ。ジェラールの本心を知っておきたい。

――私は……もう一度好きだと自覚したら、今度こそ蓋をできないかもしれない。坂道を転がり落ちるように恋心が加速しそう。

エルネが手鏡を見つけて、鏡の精を演じはじめてから早八年。

余計な気持ちが芽生えないように蓋をし続けていたのを開放したら、一体どうなるのか自分でもわからない。

尊大で傲岸不遜《ごうがんふそん》なジェラールの優しい一面は嫌と言うほど知っている。

【気に食わないとは思っていない。負けず嫌いな片鱗《へんりん》は見えたが、顔を真っ赤にさせて上目遣いで睨まれたのは悪くなかった】

――ええ……。

なんだかぞわっとする発言だが、深く考えないようにしたい。

【艶やかな黒い髪は白い肌に映えて美しいと思う。私ほどではないが。深い青の目も思慮深さを感じさせる。気の強そうな目は子猫のようで、小さな口でうまそうに咀嚼《そしゃく》している様子も飽きずに見ていられる】

「……」

――自分の美しさを理解しているのはいいことだと思うけれど、ジェラール様って自己愛が強いのよね……。

だがエルネの容姿は彼のお眼鏡に叶っているようだ。もしくは他人の美醜にこだわりがないのかもしれないが。

「つまり彼女の容姿は気に入っているということですね？」

【そうだな。もっと派手に着飾らせて周囲に見せびらかしたい】

馬顔で気づかなかったが、被り物の下ではそんなことを考えていたのか。顔が熱くなってきた。

「……話を聞いていると、派手ではなく素朴な装いを好み、外見もジェラール様の好みで控えめな王女様ということになりますね」

【端的に言うとそうなるが、だからこそわからん。わがままで寂《さみ》しがり屋《や》で甘やかされた王女という噂の出どころはどうなる。第一王女は清らかな姫と謳《うた》われているが、公務も社交もしないエルネは悪女と言われていたはずだぞ】

「噂はあてにならないこともあるでしょう。悪意のある者に事実を歪められることもございます」

フローナは他国でも清らかな姫と評されているとは……乾いた笑みが零れそうになった。

エルネは鏡の精として、「ご自身の目で見たものを信用されたらいかがですか」とジェラールに助言した。

【確かにそうだな。噂などあてにならん。自分で見たものだけを信じたらいいか】

鏡越しにそっと息を吐く。

これでエルネが本性を隠しているのではと必要以上に疑われることもないだろう。

——そしてゆくゆくは自由時間をもぎ取って、離宮と似たような自由な時間をもらえたら言うことないけれど……。

ひとりの時間が恋しい。趣味に没頭できる作業時間はエルネの精神安定に繋《つな》がる。早く針を持ってチクチク縫いたい。新しい刺繍の図案も出来上がっている。

うずうずする気持ちを抑えていると、ジェラールが美しい顔に眉間の皺を刻んだ。

【私が見たままを信じるとなると、エルネは私への関心が薄いようだ】

「……はい？」

【実に気に食わないが、愉快だな】

ジェラールの口角がクイッと持ち上がる。

鮮やかなネオンブルーの瞳が輝きを増した。爛々《らんらん》と光っているのは気のせいか。

【決めたぞ、鏡の精。エルネを本気で口説き落とそうと思う】

「え？」

【もっと潤んだ目で睨まれたい。エルネの泣き顔はそそられそうだ】

——そそられるってなにが？

泣かせてやりたいなどと思われていたとは知りたくなかった。絶対にジェラールの前で泣いてはいけない。

【私に隷属を誓うくらい惚れさせて離れたくないと懇願させるにはなにが有効だ？】

――ちょっと怖いんですが！

エルネは息を呑んだ。

隷属を誓いたいと思うほどの強い感情は果たして恋心なのだろうか。そんな気持ちが芽生えたら、なにやら後戻りができない気がする。

――どうしよう……思っていた以上にジェラール様は私の手には負えないかも……。

だらだらと冷や汗をかきながら、エルネは鏡の精としての台詞を紡ぐ。

「それは……」

【それは？】

ジェラールが鏡越しに圧をかける。

「……私は鏡の精で外の世界を知りませんので、一般論しか申し上げられないのですが」

【構わん。有効かどうかは私が決める】

どんな助言でもいいから案がほしいと言われているようだ。

恋愛経験がゼロのエルネは、適当に思いついたままを話す。

「今はまだ惚れる惚れないという状況ではないかと。まずは互いのことを知るように対話を心掛けたらいいのでは。そして相手の心がほしいと思うのであれば、先にジェラール様が尽くすのです」

【尽くす？　贈り物をすればいいのか】

「それもひとつの手ですが、ただ贈ればいいというわけでは……相手がなにを求めていてどうされたらうれしいか。それをひとつずつ探っていってはいかがですか」

まさしくエルネにも言えることである。

ルヴェリエで第二の人生を送るなら、まずは周囲の人間と仲良くならなくては。

【なるほど、一理あるな。礼を言うぞ、鏡の精】

「お役に立ててなによりです」

プツッと交信が途絶え、ジェラールの姿が見えなくなった。

水面のように揺れていた鏡はいつも通りエルネの顔を映している。ひどく体力と気力を消耗した顔だ。

「……どうしよう、なんだか大変なことになりそうなんだけど」

不穏な台詞をいくつも聞いた。

隷属を誓うくらい惚れさせたいなどと思われているなんて。考えただけで恐ろしい。

——普通婚約者にそんなこと思うものなの？　泣かせたいとか？

隷属という言葉もおかしい。それは誰に求める言葉なのか。

まさかジェラール教でも作るわけではあるまい。それができてしまいそうなのが一番恐ろしいが。

「……ダメだわ、疲れすぎてなにも考えたくない……」

エルネは衣装部屋を離れると、私室の長椅子にだらしなく横たわったのだった。

第四章

ルヴェリエ王国に滞在してからひと月が経過した。

毎朝ジェラールと朝食をとっているが、彼との面会は一日一回以上に増えている。

「エルネ様、殿下から昼食と中庭でのお茶会と美術鑑賞のお誘いが入っていますが、どれをお受けされますか？」

「……今日も？」

ここ最近は毎日のように複数の提案を受けている。仕事の合間にふたりの時間を確保しようとしているそうだ。

ジェラールも忙しいはずなので遠慮したいが、全部を受ける必要はないらしい。その日の気分によってひとつを選べと言われてしまった。

相手のことを知ることができる絶好の機会なのだが、多すぎる誘いは正直荷が重い。うっかり失言をしないか、鏡の精しか知らない情報を漏らさないかなど神経を使うのだ。

——ひとりの時間も恋しい……。

参考資料として読んでみた恋愛小説の主人公たちは、大好きな婚約者に会えるだけで気分が高揚するらしいが、エルネは少々消耗していた。

たくさんの人に囲まれることも、常に誰かと一緒にいるのも慣れていないのだ。

「ジェラール様、私とふたりきりのときは素顔を晒されるから心臓に悪いのよね」

顔を隠してほしいなんて言えないが、見慣れているエルネですらドキドキが止まらなくなる。

――最近妙に距離も近いし、いい匂いがするし、声も甘いしで落ち着かないのよ……！

本気で落とすと宣言してきただけある。あの顔を有効活用しエルネの反応を楽しんでいるのだ。

エルネもなんとか平常心を装っているが、いつまで保つやら……なにせ顔は憎たらしいほど極上で、困った性格に振り回されるのも悪くないと思ったら、もう落ちるところまで落ちてしまいそうだ。

あと一歩ふたりの距離が縮まったら、エルネの気持ちは完全にジェラールに傾くかもしれない。閉じ込めていた感情も開放されて、寝ても覚めてもジェラールのことだけを考えてしまうだろう。

冷静な自分じゃいられなくなるのは少々怖い。エルネは小さく嘆息した。

「私は殿下のお顔を拝見したことがないので共感はできませんが、筆舌にしがたいほどの美貌とは気になりますね」

「国が傾くような美貌で人の精神を数日破壊してしまうなんて大げさだと言いたいところだけど、ジェラール様ならあり得るのよ」

美少年がそのまま美青年に成長しただけではない。マルタンいわく、思春期を迎えてからのジェラールの周りには迂闊に人を近づけられなくなったらしい。

彼が微笑んだだけで愛妻家だった男が家族を失った話も一度や二度ではないそうだ。

極めつけは悪夢の三日と言われているが、一体なにが起こったのかは怖くて聞けていない。

性別問わず魅了してしまう美しさに頭を悩ませた国王夫妻は、被り物で彼の魅力を半減させることにした。そしてジェラールの容姿に関する情報は秘匿扱いになった。

――国王両陛下からは感謝されているのよね……この間手を握られたとき、絶対逃がさないっていう意思を感じたわ。

エルネが自我を保ったまま素顔のジェラールと受け答えができるというだけで、国王夫妻から礼を言われたのだ。彼と対等に向き合って話せる女性は二度と現れないと思っているらしい。

どうやらルヴェリエの王族は、エルネの不名誉な悪女の噂をまったく気にしていないようだ。寝室に気に入った男を連れ込む王女でもいいというのは、あくまでも噂であって事実ではないと思っているからか。

——私はフローナじゃないし、噂を信じないで私を見てくれるのはありがたいと思うべきよね。

一か月が経過し、少しずつエルネの周りの侍女たちとも打ち解けてきた気がする。挨拶をすれば笑顔を見せてくれることも多くなってきた。

噂は噂でしかないと思われるように頑張るべきだろう。

だがジェラールが婚約者に飽きたらどうなるやら……。

——飽きたらポイッ、かしら！

彼と相思相愛な関係になりたいとは思っているが……道のりはまだまだ長そうだ。

「今日のお誘いは美術鑑賞を受けようと思うわ」

「わかりました。そのようにお返事しておきます」

芸術大国でもあるルヴェリエには国内に数多くの美術館が存在する。

離宮に幽閉されて生きてきたエルネにとって、美術館に行くのははじめてだ。とはいえ、仕事の合間に行くとなると城内にある美術品の鑑賞になるだろうが。

——でも、いろんな経験ができるのは素直にうれしい。一緒にお出かけはすごく緊張するけれど。

そしてほぼ毎日のように鏡の精としてジェラールと会話もしている。

彼の本心を盗み聞きしているような気持ちにもなるが、それはもう割り切っていた。エルネが鏡の精だという事実は墓場まで持って行くつもりだ。

——あ、そうだわ。ジェラール様が忙しくて私室に戻れなければ、鏡の精を呼び出すこともないわね。

エルネがジェラールの傍にいたら、彼は鏡に話しかけるという奇行を見せるはずがない。最近では就寝前に呼び出されることが多く、昼間はきちんと仕事に集中しているようだ。

「今日の午後はジェラール様と美術鑑賞をして、夕食を共にとることになりそうね」

「いっそのことエルネ様から殿下を口説いてみては」

「私が口説く？　無理よ、やり方もわからないもの！」

「積極的に甘えてみてはいかがですか。そろそろ一歩進んでもいい頃合いではないかと。このままではずっと平行線でよいお友達止まりです。エルネ様も殿下に恋をしようと思っているのですよね？」

「それはまあ、そうなんだけど……」

「殿下からのお誘いに受け身ばかりではいけませんよ。エルネ様から殿下の手に触れるくらいの積極性も大事です」

「手に触れるって、私から手を握るの？　振り払われたりしない？」

「婚約者の手を振り払うような殿方ならマルタン様に言い付けましょう」

生理的な嫌悪を抱かれていたら、ジェラールからの気持ちは得られそうにない。恋心に発展するのも厳しいだろう。

──そうね、待つだけの姿勢じゃなにも変わらない。でももしも恋愛経験が豊富だと思われたら、いきなり大人の階段を上がることにならないかしら！

急に積極的に触れたらジェラールが警戒するかもしれない。

もしくは彼の調教がはじまってしまう。今までどれだけの男を誑《たぶら》かしてきたのだと、泣くまで責め立てられるかもしれない。

「嫌な想像なのだけど、もしも私が身代わりの悪女だと知られたら、フローナとの交換を求められることはないかしら」

「それは……ないとは言い切れませんね」

外面がよくて誰からも愛される双子の姉。

母親譲りの銀の髪色を受け継ぎ、エルネより早く取り上げられただけでこうも待遇が変わるとは……エルネがほしかった家族愛も王女としての教育もすべてフローナに注がれた。その代わりエルネには人前に出なくてもいいという自由があったが。

「被り物をしている奇人変人の王子なんてお似合いとまで言い切ったフローナにジェラール様を譲るのは嫌だわ」

エルネの本心が零れた。ギーゼラが目を丸くする。

ジェラールがフローナを望んだとしても、彼が幸せになれるとは思えない。

「身内の恥を押し付けたくないし、絶対大変なことになるもの」

自分の居場所をフローナに渡したくない。

ジェラールと見つめ合うフローナなど、想像するだけで心の奥がざわざわする。

「私はエルネ様もわがままのひとつくらい仰っていいと思いますよ。我慢ばかりしていたら本音を言えなくなりますから」

「そうよね、本心を隠して接するのは精神的にも負担よね……じゃあ私のわがままを言ってみようと思うわ。なにがいいかしら」

食べたいものを要求するくらいなら可愛いだろうか。

ルヴェリエで出される食事はどれもおいしくて止まらなくなってしまう。これまでの食事より明らかに食べ過ぎなのだが、ダンスの特訓をしているおかげだろうか。太った感じはしない。

むしろ身体は少しずつ引き締まっているようだ。使っていなかった筋肉を刺激しているからだろう。

——ジェラール様には好きな食べ物を伝えてみようかな。

少しずつ心の距離を縮めて、最終的には趣味に没頭できる時間もほしいとおねだりをする。

針仕事は王女の仕事ではなくても、刺繡なら淑女の嗜《たしな》みだ。レース編みやぬいぐるみ作りも嗜みの延長でエルネの趣味だと理解してもらいたい。

「それと、すべてを話して楽になるというのもいいと思いますよ。殿下を敵ではなく味方にするのです」

「私の味方？」

「そうです。そもそも伴侶というのは互いの一番の味方であるべき存在だと思いますよ」

エルネが心を許せる存在はアロイスとギーゼラだけだ。

そこにジェラールとマルタンも加えて、味方を増やしていく。

「……そうよね、私の味方を増やしていかないと」

父王からは余計なことは言うなと告げられていた。クラルヴァインの王家の一員として振る舞えと。

今までそんな風に教育をされていないのに、なんとも都合がいい話だ。

――ジェラール様を私の味方になんて考えてもいなかった。でも夫婦というのは、互いが一番の理解者になるべきなのよね。

そのためにはいろいろと明かさなくてはいけないことが多い。墓場にまで持って行こうと思っていた鏡の精の件がバレてしまったらジェラールとの関係は拗《こじ》れそうだ。

もしもジェラールから拒絶されてしまったらどうしよう。一度信頼関係にひびが入ると修復は難しい。

――うう……自業自得なのもあるけれど、考えなくてはいけない秘密が多い……！

ギーゼラに着替えを手伝ってもらいながら、エルネは今後どうジェラールと距離を縮めつつ調教を避けて、信頼を深められるかを考えた。

◆　◆　◆

城の敷地内には一般に公開されている美術品と、身元が確かな人間にしか公開されていない入場規制のある美術品がある。

前者は王立アカデミー出身の若手の芸術家作品が多く、後者は主に貴重な歴史物だ。

特別扱いの美術室への入場には必ず専門知識のある案内係がつくが、ジェラールには不要らしい。

受付で名前を記入すると、マルタンに「ごゆっくり」と言われてしまった。

まさか貸し切り状態になるとは思わなかった。この広い空間にジェラールとふたりきり。完全に密室空間だ。

——今までは必ず人目があったのに、どうしよう。心臓が落ち着かない！

傍に誰もいない状態でゆっくり歩くだけでも緊張する。ましてや値段もつけられないような貴重な美術品ばかりだ。

うっかり躓《つまず》いて転んだら恐ろしい。一歩一歩慎重に歩かなくては。

「そう緊張しなくてもいい。ここは私とふたりきりだ」

ジェラールの美声が響く。天井の高い展示室では声が反響しやすい。

――ジェラール様とふたりきりだから余計緊張するのですが……！

隣を歩く彼は被り物をしていない。

先ほど扉が閉まったと同時に狼《おおかみ》の被り物を脱いでしまった。

癖がついたままの無造作な髪も魅力的だ。手櫛《てぐし》で軽く後ろに流すだけで色香が増している。

一体どうなっているのだ。

――婚約者を見ているとわいせつ物を見たような心境になるのは普通なの？

なにやらいい香りまで漂ってくる。

柑橘《かんきつ》系《けい》の香りにシナモンのような少しピリッとしたスパイスが混じっている。ひと癖がありそうな香りはジェラールの性格とぴったりだ。

「最近ではルヴェリエの美術史の講義を受けていると聞いた。深く知る必要はないが、どういうものかを知っておいた方がわかりやすいだろう」

「ありがとうございます。素晴らしい美術品の数々ですね」

天井の壁画は後から追加したものなのか、最初から描かれたものなのか。なんとも壮大な絵でじっくり見上げるのも一苦労だ。

――見事な作品ばかり。ルヴェリエは本当に芸術大国なのね。

絵画だけでなく銅像やアンティークの壺《つぼ》など、どこがどう貴重なのかわからないものも多い。

宗教画はわかりやすいが、等身大の裸の銅像はなんと感想を言うのが正しいのやら……ちょっと誇張がされていると思いたい。なにをとは言わないが。

——って、ただ美術鑑賞をしただけで終わっちゃダメだわ！

せっかくのふたりきりの時間なのだ。婚約者としての距離を縮めなくては。

清らかで誰にでも優しい姫なら簡単に演じられるのに、逆の難しさをはじめて知った。欲望に忠実に行動するのは勇気がいるのだ。

「あ、あの、ジェラール様」

ジェラールの歩みが止まる。

振り返った彼はただその場に立っているだけで、周囲の空間が煌めいて見えた。

——神々しくて眩しい……！　跪《ひざまず》きたくなる気持ちがわかる……じゃなかった。なにかおねだりしなきゃ！

わがままを言おうとし、咄嗟に出てきたのは一言。

「手を、握ってもいいでしょうか」

わがままというにはかなりささやかすぎるものだった。

「手？　ああ、歩くのが速すぎたか」

「いいえ、速すぎたわけでは……あの、やっぱりいいです！　お忘れください」

急な接触をしたらエルネが落ち着かなくなりそうだ。ずっと心臓がドキドキしているというのに。

――もっと別のおねだりを考えよう！

「手だけでいいのか？」

エルネの左手が持ちあげられた。手のひらにジェラールが口づける。

「え……っ⁉」

急な触れ合いを呆然《ぼうぜん》と見つめる。

口を開いてジェラールの様子を窺っていると、左手をくるりとひっくり返し指先にまで口づけられた。

「さて、これでエルネの左手は私の所有物になった」

「しょ、所有物……っ」

なにを言っているのかわからないが、絶対からかわれている。

ジェラールの口角が品よく上がり、興味深い視線をエルネに投げていた。

きっとエルネの顔は耳まで赤く染まっているはずだ。不意打ちのような口づけと微笑は心臓に悪い。

「……ジェラール様は被り物を外すと駄々洩《だだも》れすぎでは」

すっぽりとジェラールの手に握られた左手に視線を落とす。自分から握ろうと思っていたはずなのに、これでは手を動かすこともできない。

手から伝わる体温が心地いいが、エルネの緊張も伝わりそうだ。

「なにが駄々洩れだと言うんだ？」

「いろいろです！　欲望とか色香とか、理性で抑えていたものが解放されるのですか？」

「なるほど、そういう見方もあるのか。だが違うぞ、エルネ」

ジェラールがエルネの手を引いたまま左の通路に入った。

そこにもずらりと美術品が展示されているが、奥まったところに何故か長椅子が設置されている。休憩用だろうか。

ジェラールはエルネを座らせると、自身も隣に腰かけた。

ほとんど密着している状況で、エルネは距離をとろうとする。が、握られていた手が解かれると、ジェラールに腰を抱き寄せられた。

「っ！」

「理性で抑えていると言ったが、そもそも理性などで制御していない」

「……はい？」

「理性が一体なんの役に立つんだ？」

ジェラールがエルネの顎をクイッと持ちあげる。

至近距離から彼のネオンブルーの目を直視し、エルネの呼吸が一瞬止まった。

——理性がなんの役に……？　って、役に立つかどうかの問題だったかしら？

彼の鮮やかな色の瞳を見つめていると、吸い込まれそうな錯覚を覚える。

頭の中に靄《もや》がかかり濃厚な色香に酔いそうになるが、グッとお腹に力を込めた。

——流されてはダメよ！　きっとこれは試練だわ。

ふたりきりの場所で本性を暴こうとしているのだ。ここでエルネがどう振る舞うのかを観察しているに違いない。

そして彼との距離を縮める機会でもある。人目が気になって言えないことも、今なら伝えられるだろう。

「では、理性を捨ててわがままを言ってもよろしいですか？」

エルネはじっとジェラールを見つめる。

長い金のまつ毛まで美の女神に愛されているようだ。目を細めるだけで濃密な色香が増すとはどういう現象なのか、誰か解説してほしい。

「どうぞ。あなたがどんなわがままを言うのか興味がある」

スッと頬の輪郭を撫でられた。

羽で触れるような手つきすら腰に甘い痺《しび》れをもたらしてくる。

エルネは激しく主張する心臓を宥めながら、小さく息を吐いた。

「……針を持たせてほしいのです」

「……ん?」

ジェラールの表情が固まった。予想外のことを聞いたとでも言いたげだ。

その隙に、エルネはこれまで我慢していた欲望を解放する。

「趣味の時間を確保したいのです。ひとりの時間でレースを編んだり、なにかを作るのが好きなのですが、ルヴェリエにやって来てからはそんな暇もひとりになれる時間も少なくて、そろそろ我慢の限界なんです! それで王都に手芸店はないですか? 自分で布やリボンを選んだり、いろんな部品を購入してみたいのですがダメですか?」

ジェラールの色香が霧散した。

彼のぽかんとした表情はなんとも珍しい。

エルネに圧倒されたように「趣味の時間で針を持ちたいのか」と呟いている。

「はい……わがままを言ってすみません。私はひとりの時間がないと息が詰まるので、毎日一時間でも自由な時間がほしいのです」

切実なおねだりだ。

わがままと言われてしまえばそうかもしれないが、我慢を蓄積させるのは精神的にも身体的にもよろしくない。

ジェラールは数瞬考えこみ、そして悪巧みをするような笑みを見せる。

――あ、なにか間違えたかも。

そう思ったときには、エルネの身体はジェラールの膝の上に乗せられていた。

――ええ！　なんで急に⁉

「王都の手芸店に行ってみたいということか。なるほど、エルネからのはじめてのおねだりだな。ささやかな願いすら叶えられないとなれば、婚約者としても情けない」

「……い、いいえ、情けなくなんか」

「まあそのくらい容易《たやす》く叶えてやりたいところだが、それだと私が面白くないな」

――え？　おねだりって面白く言わなきゃいけないものだったの？

腰に回った腕が邪魔だ。ジェラールと密着していて落ち着かない。

「あの、ジェラール様。私重いですから」

「エルネを抱き上げられないほどやわじゃない。なんならあなたを抱き上げたまま帰ろうか」

「お断りします」

エルネは抵抗を止めた。拒絶するほどジェラールを喜ばせそうだ。

「それで、なにか条件があるのでしょうか……？」

エルネの顔に不安が滲む。一体なにを対価に要求されるのだろう。

「なに、そう身構えるものではない。私を喜ばせてくれたらいい」

「……どうやって？」

きょとんとした顔で尋ねる。ジェラールが喜ぶこととは一体なんだ。

「男を喜ばせる方法はお手の物ではないのか」

——それはフローナです！

気に入った殿方と親密な関係になっていたフローナと違い、男性との接触はほとんどない。

——でも確かお兄様に感謝を伝えるときは……。

そっとジェラールの頬にキスをした。

これはいつもアロイスにしていた感謝のキスだ。

「お兄様はこれで喜んでくださっていたのですが、どうでしょう。ダメですか？」

ジェラールの眉間に薄っすらと皺が刻まれた。期待外れだったらしい。

「それは計算か天然か、どっちだ？」

「はい？」

「いや、いい。独り言だ。頬のキスも悪くない」

「はあ……それはよかったです。ではそろそろ下りますね」

これ以上密着していると身体が火照りそうだ。先ほどから鼻の奥がムズムズしている。

——ジェラール様の色香が濃すぎてむせそう……早く被り物を装着してほしいわ。被せちゃおうかしら。

腰を浮かした瞬間、エルネの背中にジェラールの手が回った。

「だが私をお兄様と同列に扱うとは酷い王女だな」

「え……そういうわけでは。すみません、失礼でしたか？」

「私はあなたの婚約者だろう。相応の扱いをしてもらおうか」

——と、仰いますと……？

恋愛に初心なエルネは困惑する。男性を喜ばせる方法など考えたこともない。

ましてや未だに摑みきれていないジェラールが相手だ。一般的な考えが彼に当てはまるとも思えない。

エルネの視線がジェラールの形のいい唇に吸い寄せられる。まさかここに触れてほしいというわけではないだろう。

——いえ、そのまさかだったりして？

頰では物足りない。自分からキスをしてねだってこいということなのか。

だがはじめてのキスを自分からするというのは、なんというか……心理的なハードルが高い。

「どうした、エルネ。覚悟は決まったか」

ジェラールの声がなんだか弾んでいるようだ。面白い玩具を見つけたような笑みが浮かんでいる。わたわたと慌てるエルネを見て愉快に思っているのだろうか。

――なんとなく面白くない……やっぱりからかってるのね！

そっちがその気なら構わない。覚悟を見せてやればいい。

エルネの腹がスッと据わった。

次の瞬間、不意打ちを狙うようにジェラールの唇に吸い付いた。僅かに驚愕《きょうがく》した気配が伝わってくる。

――柔らかいけど少し乾燥してるかも。

そんな感想を抱くと、無意識にジェラールの唇を舌先でぺろりと舐《な》めた。エルネの腰に回った腕に力が入る。

ただ押し付けるだけの口づけというよりは、ちゅうう……と吸い付くものだったが、ジェラールにとっては予想外だったらしい。

顔を離してそっと見上げると、彼は瞬《まばた》きもせずエルネを見つめていた。

――え、寝てる？

目の縁を飾る金のまつ毛がゆっくりと上下する。なにやら効果音まで聞こえてきそうなほどの存在感だ。

鮮やかなネオンブルーの目に真っすぐ見つめられると、エルネの心臓が大きく跳ねた。

――起きてたわ。もしかして怒ったのかも……勝手に唇をくっつけていいなんて言ってないとか言われたら謝り倒すしかないわ。

「あの、ジェラール様……ダメでしたか？」

謝罪の言葉を口にする前に、ジェラールが口を開いた。

「今のは少々意外だった。キスをしながら吸い付かれて舐められるとはな。エルネの手練手管のひとつか無意識か」

「手練手管？　そんなのありませんよ！　キスだってはじめてだったのに」

「はじめて？」

ジェラールがなにやら驚いている。

甘やかされて奔放に生きていたはずの王女がキスも未経験だなんて信じられなくて当然だ。

――あ、フローナが作った悪女《エルネ》ならキスなんて数えきれないくらい経験済みで、私のキスで蕩《とろ》けるような体験をさせてあげますくらい言ったかもしれない。

だがすぐにバレる嘘はつけない。

未経験なのに経験済みだと振る舞っても無意味すぎる。

エルネが内心騒がしくしていると、ジェラールの指がエルネの唇に触れた。

「なるほど？　ここに触れさせた男は誰もいないということか」

「……っ、はい」

「ならば私が最初で最後だな」

「そう、ですね……ジェラール様の気が変わって婚約を解消されない限りは」

ふにふにとエルネの唇を弄《もてあそ》んでいた指が動きを止めた。

至極当然のことを伝えたまでなのに、ジェラールの機嫌が急降下する。

「婚約を解消とはなんだ」

「え？　いえ、私から解消したいなんて思っていませんけど、ジェラール様次第では解消もあり得るのではと」

「私は婚約者に飽きたら捨てる男だと思われているのか」

ここで正直に「はい」とは言いにくい。

――でも思っていたのと違ったから交代で、って言われる可能性もゼロではないじゃない？

エルネがジェラールの興味を惹く存在であればこのまま続行になるが、思っていた王女ではなくてつまらないと思われればそれまでだ。

「ジェラール様が酷い男だなんて思っていないですが、私がルヴェリエの王太子妃に見合わないと判断されることもあるかと思いまして……通常、王族の婚約には時間をかけるものでしょう？　私はお話をいただいてから一週間でクラルヴァインを出ましたし、書面では正式に婚約しているとはいえ、解消もあり得るのかなと」

父王からは詳細を聞かされていない。当事者であるエルネには知る権利があるのだが、出国までとてもあっさりしたものだった。

夜明け前に出発し、見送ってくれたのはアロイスのみ。

アロイスは、どこに行ってもここよりはマシだとエルネを勇気づけてくれた。自由を奪われ続けるより、ルヴェリエで自由を見つけた方がいいと。

離宮に住んでいたときも特に辛くはなかったが、外の世界が広いことを知った後に戻るのは窮屈そうだ。

それにもうクラルヴァインにエルネの居場所はないだろう。

「仮婚約を望んでいたのだったら残念だな。私は一度自分のものだと思ったものを他所にあげられるような寛大な男ではない」

「え」

「エルネが戸惑い、恥ずかしがる姿はずっと眺めていられると思ったところだ」

ジェラールは薄っすらと笑みを貼り付けたまま怒っているようだ。

彼は笑顔で怒る人間だったらしい。器用な特技を持っていた。

「話を戻すが、私におねだりをするならもう一度キスをしてもらおうか」

「ええ？　もう一度？」

「ああ、今度は大人のキスだ。できるな？　エルネ」

ジェラールは薄く口を開いた。

大人のキスの意図がなんなのかを悟り、エルネの顔は真っ赤になる。

「む、無理です無理です！　そんなのしたことないものっ！」

「無理だと拒絶されると意地でもさせてやりたくなるな」

なんて性格が悪いのだ。

先ほど感じた苛立《いらだ》ちをぶつけているのかもしれない。

「だが今日のところはいいだろう。私は優しいからな」

――優しい人は自分から優しいなんて言わないと思うし、おねだりを呑む代わりに喜ばせろなんて言わないと思う。

クセが強い……とエルネが心の中で呟いた直後。エルネの唇はジェラールのもので塞がれた。

「……ンッ！」

容赦なく隙間から彼の舌が入ってくる。

口内を舐められ逃げる舌を追いかけられる。

大人のキスは粘膜接触をするものだというのはわかっていたが、舌を絡めて唾液を交換するほどのものだとは思っていなかった。

――ぞ、ぞわぞわする！　お腹の奥からなにかがせりあがってくるみたい……！

頬の内側をざらりと舐められ、舌を甘く吸われる。

呼吸の仕方を忘れたようだ。無意識にしていたものを意識的にしないと酸欠になってしまいそう。

「ふぁ……んぅ……っ」

合間に空気を吸うが、まだジェラールが解放してくれない。

腰に回った手がドレス越しに撫でてくる。その手がふいにエルネの胸に触れた。

「ん……ッ！」

柔らかな双丘を確かめるように触れられる。彼の指先が胸の頂を探し当てた。

指先がクリッと果実を刺激し、エルネの背筋にぞくぞくとした痺れが走る。

――や、なに……力が抜けちゃう……！

直に触れられていないのにお腹の奥が疼《うず》きだす。その間も口づけは止まず、エルネはもはやなにも考えられない。

「ンン……っ」

鼻から抜ける吐息がいやらしい。キスの音も淫靡すぎて鼓膜が震えそうだ。

お腹の奥からとろりとしたなにかがあふれ出る。無意識にもぞりと太ももを擦り合わせて、体内に蓄積された熱を逃がそうとした。

「エルネ」

「……ッ！」

耳元で名前を囁かれただけで、エルネの身体はビクッと跳ねた。

キスのしすぎで赤く腫れた唇はジェラールの唾液で濡れている。とろりとした目には隠しきれない熱が浮かび、その手は縋るように彼のジャケットを握っていた。

ジェラールの目が劣情を宿していることにも気づかない。彼の手がゆっくりとエルネの腹部をさする。

「んぅ……」

エルネの身体から力が抜けて全身がぐったりした頃。ようやくジェラールはエルネの唇を解放した。

長いキスだった。

ドレスの上からとはいえ身体に触れられるとも思っていなかった。

「大人のキスはこういうものだ。学んだな？　エルネ」

「……は、い」

心音が速い。身体が火照り、あちこちが敏感になっている気がする。

――む、胸も触れられたわ……大人のキスは身体に触れるのもマナーなの？

誰にも相談ができなくてわからない。

だが確かにキスをしているとき、両手は無防備だ。

「次からエルネもできるな？」

それはちょっと鬼畜すぎないか。

エルネは抗議の声を出す。

「む、無理です」

「まだ無理か」

「私からなんて、こんなエッチなの無理です……！」

「今のはよかった。もう一度言ってみろ」

「はい？　い、嫌です。なんか嫌です！」

「なんか嫌で拒絶ができる人間などマルタン以外ではじめて聞いたな。実に新鮮だ」

「そんなしみじみ考えないでください……」

ジェラールにからかわれている。

この顔で命じられたらなんでも受け入れてしまう人が多いだろう。

——クセが強いというか性格が悪いというか……！

だがおねだりの甲斐もあり、王都に行かせてもらえることになった。ただしジェラールも同行するのが条件だ。

「（ジェラール様は目立つので）マルタン様だけお借りできないでしょうか」

「何故マルタンを同行させて婚約者がダメなんだ。おかしいだろう」

「……」

常識的な発言をされるとなんとも言えない気持ちになる。

「では、被り物はなしで、でもきっちり変装してくださいね。私も市井に住む女性と同じような格好をしますので」

「変装は得意だ」

不敵に笑う姿も様になるが、明らかに面白がっている顔だ。

「さて、名残惜しいと思うがそろそろ戻るぞ」

特に名残惜しいとは思っていないが、エルネはようやくジェラールの膝から下ろされた。

キスの余韻が残り、まともに歩けそうにない。

エルネは腰を抱かれて歩く羽目になり、せっかく見た美術品のこともほとんど記憶にないまま自室へと戻ったのだった。

◆◆◆

就寝前の時間、エルネの手鏡が青白く光る。

日中に呼び出されることがなくなったため、夜の限られた時間に呼ばれることは苦ではない。

【鏡の精、いるか】

「はい、ジェラール様。今夜はいかがされましたか」

湯浴《ゆあ》みを終えた後なのだろう。髪がしっとりと湿っている。

エルネ側からは彼の格好を鏡越しで眺められるが、彼からはなにも見えていない。ささやかな不公平が優越感に変わる。

——私の顔を知られていないからこっちは安心して話せるのだけど。寝間着姿を気にする必要もないもの。

こうして鏡の精として接するときが一番落ち着く気がする。鏡越しだからだろうか。

【女性は好きでもない男とキスができるものなのか、キスは特別なのかが知りたい。どう思う？】

予想外の質問をされた。エルネは思わず固まった。

だがその問いに答える前に、エルネの耳に第三者の声が入って来た。

【また鏡を見つめながら自問自答をされてるんですか？　ジェラール様って自己愛が強すぎません？】

マルタンの声だ。

自己愛が強いというところで小さく噴き出しそうになったが、自問自答という台詞に首を傾げた。

【お前は鏡の精の声が聞こえないんだったか】

【ええ、なにも。ジェラール様は昔から鏡に向かってぶつぶつ話しかけているというのは知ってますが。あ、誰にもバラしてませんよ！　我が国の王太子がそんな危ない奇行をしているなんて言えませんし、ますます変人扱いされますからねぇ】

マルタンの声は聞こえてくるが、向こうにはエルネの声が聞こえないらしい。

エルネは、おや？　と疑問を抱く。

「どなたかが傍にいるのですか」

確認のために問いかけた。ジェラールがマルタンに確認するも、やはりなにも聞こえないようだ。

【隣に私の側近がいるんだが、呪いの鏡は王家の血に連なる者しか反応しないのかもしれないな】

——そうなのかしら？　でも何故クラルヴァインとルヴェリエにそんな鏡があるのか疑問だけれど。

百年以上前のアンティークの鏡は本当に魔女の鏡の可能性が高いが、ルヴェリエに片割れがある理由は不明だ。もしくはまったくの無関係の鏡で、たまたまジェラールの鏡と繋がってしまっただけかもしれない。

——そうだったわ。確か相性のいい相手が映るって書かれてたっけ。じゃあ私の手鏡だけが魔女の持ち物で、ジェラール様の鏡は普通の鏡なのかしら？

答えは出そうにないが、その説が濃厚に思えてきた。

話題を変えるために先ほど問いかけられたキスについて、エルネが考える一般論を述べる。

「それで、女性は誰とでもキスができるかどうかが知りたいとのことですが、人によりますね。ご婚約者となにか進展があったのですか？」

【ああ、エルネとキスをした】

【ええ⁉】

マルタンが驚愕の声を上げた。思わず鏡を枕の上に落としてしまう。

エルネが鏡を覗《のぞ》き込《こ》まなくてもふたりの会話は問題なく聞こえていた。マルタンが状況説明を求めている。

【それはつまりキスをしたというか、キスをさせたんじゃないですか！　国宝級の美術品をねだっているわけでもないのに、趣味の時間がほしくて手芸店に行きたいと言っただけで乙女の唇を取引に……】

【針が持ちたいというのは意外だったが、趣味の時間を確保するくらいなら容易《たやす》い。だが王族にとって自由に出歩く時間は貴重だろう？　相応の護衛もつけなければならないし、身軽に遊べるわけではない。それに私だけならまだしも、エルネはまだクラルヴァインの姫だ。なにか事件に巻き込まれたら国際問題に発展する】

——それはその通りだわ。

市井に住む少女たちにとっては当たり前の日常は、王族にとっては非日常だ。

王都のタウンハウスに住む貴族令嬢たちもひとりで気軽に出歩けるわけではない。侍女や護衛の付き人は必須だ。

たとえエルネが王女として育てられていなくても、身分はクラルヴァインの第二王女。その肩書があるうちは王族としての責務が課せられる。分別のある振る舞いをしなければいけない。

——やっぱり言わなきゃよかったかな。あわよくば王都の手芸店に行って散策してみたいなんて……。

馬車の中から活気のある街並みを眺められただけで満足するべきだったかもしれない。あのような光景は人伝《ひとづて》にしか聞いたことがないし、実際に目の当たりにしたのははじめてだった。つい身近で体験してみたいという欲が出てしまった。

引きこもり生活は性に合っているが、賑《にぎ》やかな空間が嫌いなわけではない。同年代の少女たちが楽しそうに笑っている姿を見ていると、微笑ましいような羨ましいような気持ちになる。

——フローナが言いそうなことを言えばよかったかな。ルヴェリエで採掘される宝石をおねだりする方が、ジェラール様の負担は軽かったかも……。

そのくらいなら容易く叶えられそうだが、高価なものをもらってもどう扱っていいかわからない。

エルネのおねだりなんて随分庶民的に感じただろう。それも純粋な好奇心か、もしくは誰かと逢引きするのかと深読みされてもおかしくないが。

エルネの噂が厄介だ。なにを言っても裏がありそうに思われてしまう。

【それにしてもです。女性の唇をそんな簡単に奪っていいものではありませんよ。陰で泣いていたらどうするんです?】

――泣いてはいないわね。

むしろ悶《もだ》えていた。あんな大胆なことをするなどと思っていなかったし、彼に口内を暴かれるのも想定外だった。思い出すだけで声にならない悲鳴が出そう。

マルタンはエルネに裏があると思っておらず、純粋にエルネのことを心配しているらしい。

【泣くなら堂々と私の前で泣けばいいだろう。エルネが顔を真っ赤にさせて涙目で見つめてきたのはなかなかそそられたぞ】

――そそられた……。

背筋がぞわっとした。彼の嗜虐心が疼いたのだろうか。

――今さらだけど、この会話は聞かない方がいい気がする!

エルネはしばらく無言を貫く。ジェラールの前で泣いたらダメだ。

【涙目って、まさか嫌がられていたんじゃありません? 拒絶されませんでしたか? ちゃんと合意の元だったのでしょうね】

マルタンの追及が止まらない。

エルネは居たたまれない気持ちになりつつ、一応合意ではあったかも？　と首を傾げた。

――嫌じゃなかったわね……。嫌悪とかまったく感じなかったもの。

あの美しい手に胸まで揉《も》まれたのだと思うと、顔から火が出そうだ。

思わず自分の胸を両手でぽよんと持ちあげた。

もうちょっと大きい方が好ましいだろうか。

――って、私はなにを！

【別に脅してはいないぞ。それに朗報でもある】

【なにがでしょう】

【キスの相性がよかった。それとエルネはキスの感度がいい】

「……っ！」

――な、なぁ……⁉

咄嗟に叫びそうになったのをグッと堪えた。

キスの感度とは一体なんだ。非常に不埒な響きである。

【ちょっとジェラール様？　初《しょ》っ端《ぱな》からなにをしたんですか、なにを……！　このケダモノ王子！】

――やっぱりそうよね？　舌を入れて胸を触るなんて強引すぎるわよね！

マルタンがしっかりジェラールを追及してくれるのでありがたい。

こうして彼の本音を聞くのはずるいんじゃないかと思うが、今は鏡の精なのだ。盗み聞きをしているわけではない。

【なにを言う。男は皆ケダモノだろう。それよりも、意外だと思わないか。エルネは男にまったく慣れていなかった。キスもはじめてだと言っていた】

【むしろ上級者だった方が意外では？　とっても慣れていたと言われた方が衝撃的ですよ】

【何故そう思う】

【見ていればわかるでしょう。私にも適切な距離を保っていますし、男性との接し方は貴族令嬢以上に気を付けられている方ですよ。色目を使うような仕草は見かけたことがありません】

――そんな風に観察されていたなんて知らなかったわ……。

ふたりは仕入れていた情報と実際のエルネが一致しないことに矛盾を感じているのだろう。積極的に男性にキスをするような真似は演技でもできない。

他の男性の唇も奪えるかと問われると、エルネは確実に拒絶する。

――無理、絶対無理！

私欲のためでもしたくない。たとえ相手が兄でもマルタンでも同じだ。

ジェラールは大丈夫で他の人は生理的に嫌だと思ってしまう理由なんてひとつしかない。

──はぁ、坂道を転がり落ちているわ……。

いつも気づくとジェラールのことを考えている。これはもういい加減自分の気持ちを認めざるを得ないのではないか。

【……で、鏡の精はどう思う】

突然名前を呼ばれ、エルネはハッとした。

どうやらジェラールは鏡の精がいることを覚えていたらしい。

「……すみません、もう一度お聞きしても？　おふたりの愉快な話に聞き入ってしまいました」

【女性は生まれながらの演技派かどうかという議論だ。王族としては笑顔の裏で人には言えないことを考えていてもおかしくないが、男女の駆け引きのためでも自然と嘘がつけると思うか？　婚約者の本音を探るにはどうしたらいい】

「……」

──私の本音を暴きたいと言われても困るわ……どうしましょう。

なんとも答えにくい質問だ。

互いの本心を知りたいのは当然のことだが、ここでエルネが鏡の精として断言できることはない。

悩んだ末に、一番無難な答えを出す。

「……きちんとお相手に質問するのが一番だと思いますよ。あとはジェラール様がどれほど彼女の言葉を信じることができるかではないでしょうか」

──ああ……私が質問攻めをされる未来が見えるわ……。

なんとも複雑な感情を抱えつつ、エルネは続ける。

「結局おねだりは成立したのですよね。彼女と街を散策されるのでしたら、素の感情に触れられるいい機会ですね。なにが好きで苦手なのかを探ってみては？」

エルネにも同じことが言える。ジェラールと過ごす時間を増やすことで新たな発見ができるだろう。

【なるほどな。無難ではあるが、やはり時間をかけて知っていくしかないか。ではエルネの新たな一面を見つけることにしよう】

「ええ、頑張ってください」

【鏡の精はなんと仰っていたのですか？　というか本当に鏡の精なんて閉じ込められているのですか？　ジェラール様の自己愛が強すぎるあまり鏡に向かって自問自答をしているだけでなく】

【うるさい、もう行くぞ】

ジェラールの姿が消えて声が遠ざかる。姿見の布が戻されたようだ。

マルタンの発言につい笑いがこみ上げそうになったが、なんとか我慢ができた。エルネの手鏡が元の鏡に戻る。

「ふふ、自己愛が強すぎるあまりの自問自答……」

鏡に向かって自分自身に問いかける姿はなんとも愉快だ。

マルタンが信じられないのも無理はない。むしろそんなジェラールの姿を見ても引かないなんて、彼は随分心が広い。

「ふふ……」

寝台にごろりと寝っ転がり、枕をギュッと抱きしめる。

ジェラールの不憫な一面を思うと笑いが止まらないが、ひとしきり笑うと頭が冷静になる。

「複雑な状況に変わりはないわ」

エルネはとても普通なのに、鏡の精とフローナが広めたわがまま王女の汚名が重い。

無意識に唇を触る。

キスの感触が生々しく蘇《よみがえ》り、エルネの体温が僅かに上がった。

――キスの相性ってあるのかしら。

少し触れ合っただけでジェラールとの距離が縮まったように感じる。

彼に頬を触れられるのも嫌ではなかった。口内を暴かれて、自分のものとは思えない声を聞かれるのも恥ずかしいだけで、もう一度してみたい。

「ああ、もう。またキスがしたいなんて、ジェラール様が好きってことじゃない……」

気持ちに名前をつけてしまったらおしまいだ。見て見ぬふりはできなくなる。

——こうなることなんて最初からわかりきっていたのに、すぐに好きになりたくなかった。

きっとキスをしなければもう少し気づかないふりができたはずだ。まだ恋心ではないと誤《ご》魔《ま》化《か》せた。

でもエルネの中にはとっくに恋心の種が植え付けられていた。

それは何年も前から根付いていて一度は枯れたが、ジェラールと接するうちにふたたび養分を与えられてしまったのだ。

花が咲くのも時間の問題だろう。だが今はもう少し蕾《つぼみ》のままでいてほしい。

くすぐったい気持ちに悶えつつも深呼吸をする。

「明日からどんな顔で会ったらいいの……」

身体は疲れているはずなのに眠気はなかなかやってこない。

エルネは眠気がくるまで、これまで我慢していたレース編みに没頭したのだった。

◆　◆　◆

翌日。エルネは簡素な町娘の格好をさせられていた。

ブラウスにビスチェとふんわりしたくるぶし丈のスカートを合わせている。足元は歩きやすいように踵の低い靴で、装飾品は一切ない。

「話が早すぎるわ。だって昨日の今日よ？」

予定を調整するだけでも数日はかかると思っていたのに、まさか翌日には王都の街を歩けるとは。

きっとジェラールが無茶を言い、マルタンが調整したのだろう。

エルネのわがままに振り回される人たちを思うと申し訳ない気持ちもあるが、希望が叶って純粋にうれしい。

「おねだりが成功したのは喜ばしいことではないですか。髪の毛は簡単に編み込みますね。リボンもつけますか？」

ギーゼラが慣れた手つきでエルネの髪を左右に分けて毛先まで三つ編みにする。

「そうね、リボンくらいは皆つけてると思うし、お願いするわ」

左右に編み込まれた髪をひとつにまとめてリボンで結んだ。簡単なまとめ髪だがリボンで結ぶだけで少女らしい雰囲気になる。

「私も後ろから同行しますから、あまり緊張なさらず。楽しんでお買い物ができるといいですね」

「ありがとう……でもどうしましょう。私、ルヴェリエのお金を持ってきていないわ」

アロイスからの餞別《せんべつ》でクラルヴァインの硬貨は持参していた。旅費の他に、なにかあったときのためにと準備してくれていたのだ。

エルネは今まで一度も硬貨を使い、買い物をしたことがない。アロイスが用意してくれた金額は平民の一年分の生活費程度だと聞いているが、相場というものがまったくわかっていなかった。

「エルネ様がお財布を出すことはないと思うので、すべて殿下にお任せしてよろしいかと……ただそうですね。お小遣いを使ってみるのはいい経験でしょうし、殿下にルヴェリエの硬貨に両替できるか聞いてみるのもいいと思いますよ」

「そうね、そうするわ！　同盟を結んでる国の通貨は共通にしてもらえたら楽になるのにね」

クラルヴァインとルヴェリエの周辺国は友好国として同盟を結んでいる。戦争はせず、有事の際は駆けつけることになっているのだが、小競り合いを含めた戦争は百年以上も発生していない。

主に国交や貿易の関税撤廃などで有利に働いているが、それ以外では目立った利益はない。他は国境を行き来しやすい程度だろう。

「いろいろとはじめての経験でしょうからはしゃぎたくなるのもわかりますが、くれぐれも目立つ行動はなさらないようにお気を付けくださいね」

ギーゼラが保護者のように釘《くぎ》を刺す。

「ええ、できるだけ静かに過ごすわ。でもジェラール様が目立たないように変装できるのかしら……」

やはり同行しない方がいいのではないか。

そんなことを考えながら待ち合わせの場所へ向かうと、ジェラールとマルタンがすでに待機していた。

「どうだ、この格好は。なかなかいいだろう。これで私だとはわかるまい」

「ええ……そうですね、いつものキラキラが半減されています」

こげ茶色をしたかつらをかぶり、さらにフードを深くかぶっている。うっすらと色がついた眼鏡をかけてネオンブルーの輝きを隠しているが、パッと見は胡散臭《うさんくさ》い商人といういで立ちだ。

そして質素な服を着ていても隠しきれないなにかがある。骨格も体格も常人離れしていて目立つのだ。

――等身は隠しきれていないし脚が長いし、姿勢もいいから立っているだけで様になるわ。

エルネは後ろに控えるギーゼラに目配せした。被り物をしていないジェラールを見るのは今日がはじめてだ。

「ギーゼラはどう思う？」

「恐れながら申し上げますと、目立ちます。すごく。何者だろうという憶測が飛び交うかと」

「ほら〜だから言ったんですよ。殿下は立ってるだけで目立つって。いっそのこと騎士の制服でも着てみますか？　少なくとも王太子とはバレませんよ」

マルタンが予備の制服を調達するあてがあると言いだしたが、そうなるとエルネも令嬢風に着替えなくてはいけない。町娘と騎士が出歩けば噂になってしまう。

「騎士の姿も素敵だと思いますが、色付きの眼鏡は悪目立ちしてしまうのでは……このままでよろしいかと」

「だそうだ。空き時間は二時間しかない。目的地の他に気になった店を数か所巡るだけであっという間に過ぎるだろう。急ぐぞ」

ジェラールがエルネの手を引いた。

ただ手が繋がれただけなのに、今回も肌から伝わる温《ぬく》もりがエルネの鼓動を忙しなくさせた。

王都の中心街の外れで馬車を降りて、街を散策する。

少し離れた場所では護衛の騎士も目立たないように後をつけているが、エルネは気にせずルヴェリエの街を興味深く眺めていた。

「観光名所に行きたければ改めて日を設けよう。今日は買い物を楽しめ」

「ありがとうございます、うれしいです。でもあの、まずは両替所に行ってもよろしいですか？　クラルヴァインのお金しか持っていないので」

ジェラールも詳しくないだろう。マルタンに場所がわかるかと尋ねると、なにやら感極まった顔をしていた。

「まさか王女から両替所に行きたいと言われるなんて……なんて奥ゆかしい！　全部殿下……いえ、ジェラール様に押し付けていいのですよ！」

両替は城内でも可能だと言われた。最初に確認しておけばよかった。

「クラルヴァインの硬貨を持ってきていたのか。手ぶらで来たのかと思ったが」

ジェラールに問いかけられる。クラルヴァインを出国するまでは城に請求が届き、ルヴェリエに入国してからはルヴェリエ側に請求が届いているはずだ。エルネたちは予備費として旅費を持参している。

「さすがに手持ちがなにもない状況というのは心もとないです。それに自分で買い物をするというのははじめてなので、ワクワクしてます」

「はじめてのお買い物……！　なんだか娘の成長を見ている気分ですねぇ。私の娘もこんな風に成長していくのかと思うと……ああ、涙腺が」

「早すぎるだろう。お前の娘はまだ生後三か月だろうが」

――マルタン様はご結婚されていたのね！

そして生まれたばかりの娘がいるらしい。

ジェラールはエルネの手に硬貨を数枚握らせた。

「小遣いだ。自分で支払ってみたかったんだろう?」

「え……いいのですか? うれしいです。ありがとうございます!」

エルネの顔に笑みが咲いた。

頰は上気し、真っすぐジェラールを見つめている。

「……ああ、好きに使っていい。足りないものは私が買おう」

「ありがとうございます!」

ジェラールの手をギュッと握り上下に振った。まるで微笑ましい兄妹のような絵面だ。

「兄と妹、もしくは叔父と姪《めい》のようですね。保護者という表現が当てはまるかと」

「あ、ギーゼラさんもですか。同じこと思ってました」

ひそひそと背後で会話がされているが、ジェラールは無視することにしたらしい。エルネの手を引き、貴族が御用達《ごようたし》にしている店から案内する。

「目当ての手芸店は重くなるから後にするぞ。まずは軽いものから行くか」

宝飾店、雑貨店と菓子店を巡る。

エルネははじめて目にするものばかりで、声に出さずとも興奮が抑えきれていない。

「ジェラール様、このお菓子はなんですか?」

「それは酸味の利いた粉と砂糖がまぶされている飴《あめ》だ。酸っぱくて甘い」

「ではこちらは？」

「レモン味のリキュールが入ったチョコレートだな。アルコールが使われているから要注意だ。結構度数が高い」

「南部地方はレモンの産地ですものね。こんな風にお菓子にも使われているんですね」

見るものがすべて新鮮だ。

あれもこれもほしくなるが、ジェラールからもらった小遣いがもったいなくて使えない。

色鮮やかな飴を眺めながら、エルネは葛藤する。手芸店でほしい布や糸が本命なのだ。無駄遣いをするべきではない。

「買わないのか？」

ジェラールが訝《いぶか》しむ。

説明だけさせて買わないつもりなのかと思われているのだろうか。

「あの、ジェラール様からいただいたお小遣いをいつ使おうと考えていると、もったいなくて……気にはなるんですけど、無駄遣いするべきじゃないかなって……」

ごにょごにょと答える。

ジェラールの目元は色付きの眼鏡で隠されているため、彼の表情はよくわからない。

「わかった。全種類もらおう」

「……は？　え、ええ⁉」

店内にある菓子をすべて味見できるように、ひとつずつ購入すると言う。エルネは慌ててジェラールを止めた。

「全部は食べきれないですから！」

「飴なら日持ちもするだろう。溶けやすいチョコレートから食べたらいい。気温も暖かくなってきたしな」

季節はまだ初夏には早いが、春の日差しと呼ぶには強くなってきた。長袖一枚で出歩きやすい。

気のいい店主がエルネに「兄妹？　気前のいいお兄さんに買ってもらえてよかったね」と声をかけた。

――恋人にも思われてないみたい。

内心苦笑しつつも頷こうとするが、ジェラールがすかさず訂正する。

「兄妹ではない。婚約者だが？」

「あ、そうなの？」

「間違えられては困る。僕の婚約者は恥ずかしがり屋なんでね」

わざわざ一人称を変えて、ジェラールは眼鏡をクイッとずらした。

ネオンブルーの目を出して笑みを浮かべると、店主の親父《おやじ》が腰を抜かした。

「ええ!?　大丈夫ですか?」

「は、はひぃ……」

酒に酔ったような顔をしている。呂律《ろれつ》が回っていない。

「次の店に行くぞ」

購入した紙袋を片手で持ち、もう片手でエルネの手を引いた。マルタンが店主に気の毒そうな視線を向けて謝罪している。

店を出てなにをしたのかと尋ねるが、ジェラールは「特になにも」とはぐらかした。答える気がなさそうだ。

――マルタン様の様子からなんとなくわかったわ。少し目を合わせてみせただけで放心するなんて普通じゃない……。

なんとも厄介な美貌である。いきなり顔をチラ見せしたのは、兄妹と勘違いされた腹いせなのではないか。確認する勇気はないが。

紙袋の中がじゃらじゃらと鳴っている。思い出の味として大事に食べよう。

そんなことを考えながらカフェで休憩し、お目当ての手芸店でたっぷりほしいものを購入したのだった。

第五章

エルネとはじめて王都の街を散策してから早三日が経過した。

ジェラールは何度もあの日見たエルネの表情を繰り返し思い出している。

静かにはしゃいでる姿が愛らしかった。目に映るすべてのものが新鮮で興味深くて、時折握られている手に力が入ったのも可愛らしい。

――人はあんなにも鮮やかに目だけで気持ちを語れるものなのか。

キラキラと目を輝かせていた笑顔が忘れられない。思い出すだけでにやけてしまう。

――にやける？　何故だ。

おかしい、自分はエルネが涙目になった表情にそそられていたはずなのに。あんなに喜ぶ顔が脳裏から離れないとは。

気づくと常にエルネのことを考えている。

今まで誰かを気にしたことなどなかったのに、こうしている間もエルネがなにをしているのか考えてしまう。

「殿下、真顔で物思いに耽《ふけ》るのはやめてくださいね。あと手が止まってます」

マルタンが執務室に入室した途端、小姑《こじゅうと》のように小言を告げた。

ジェラールの視線がスッと入口に向けられる。

「おい、なんだそれは」

「むふふ……」

マルタンが怪しげに笑った。待ってましたと言いたげな表情だ。

指摘しなければよかったと後悔していると、マルタンは饒舌《じょうぜつ》に語りだす。

「エルネ様がくださったんです。娘の誕生祝に、ぬいぐるみを作ってくださったんですよ！先日購入した布とリボンで手作りのぬいぐるみを！　しかも、娘の出生体重と同じ重さで！」

可愛らしいクマのぬいぐるみだ。首にはピンクのリボンを巻いている。

見たところタオルのような優しい肌触りをしており、子供が抱きしめることを想定しているようだ。汚れても簡単に手洗いができるのだろう。

「手作りのぬいぐるみだと？　いつの間にそんなものを貰ったんだ」

「今さっきです。ギーゼラ殿に呼び出されて、エルネ様が直接お祝いをしたいと。もう、絶対妻も大喜びですよ！　お出かけした日に出生体重を訊かれたときは何事かと思いましたが、まさかこんな風に祝ってもらえるなんて」

赤子の成長は早い。すくすく育ち、あっという間に新生児の時期が過ぎる。

このぬいぐるみを抱いていたらずっと生まれたときの感動を忘れないということなのだろう。

ジェラールは喜ぶマルタンを眺めつつ、なんだかモヤッとした気持ちになった。

子供の頃から傍にいる側近を妬ましいとは思っていない。

けれど、なんだか非常に面白くない。

「私はエルネからなにも作ってもらっていないのに、どうしてお前が先に手作りのものを貰っているんだ。おかしいだろう」

「嫌だな〜殿下。嫉妬しないでくださいよ。これはお祝いですからね？　手芸が趣味だなんて、本当にエルネ様は可愛らしい方ですよね〜！　殿下からもらったお小遣いももったいなくて使えないなんて、いじらしすぎて抱きしめたくなったでしょう？」

マルタンの顔にからかいが浮かぶ。

ジェラールは菓子店でエルネが見せた表情を思い出していた。

「金ならいくらでも出すというのに。渋る理由がわからん」

「またまた〜そんな言い方をして。店内の菓子を全種類買うなんて、普段のジェラール様らしくもない。エルネ様の喜ぶ顔見たさに無意識に言っちゃったんですよね？　わかっていますよ」

指摘されるとイラッとくるが事実だ。

ジェラールはプイッとマルタンから顔を背けた。

「なにを言っているんだ。私はエルネの泣き顔が見たいだけだが？」

「それ、好きな子を虐《いじ》めたくなるのと同じだと思うので気を付けてくださいね。本気で泣かせたら傷つくのは殿下もですよ」

嫌われるような真似がしたいわけではない。

だがエルネが涙を堪えて震える姿が見てみたい。

──顔を真っ赤にさせて潤んだ目で見つめられたいんじゃないのか。

頰を伝う雫《しずく》は甘美な味がしそうだ。腕の中に囲って閉じ込めてしまいたい。

ふと、ジェラールは思う。

エルネの涙は見たいが、泣かせたいというよりも啼《な》かせたいのではないか。

「快楽に抗《あらが》えずに泣く姿もいいし、甘く啼かせるのもいいと思わないか」

「ちょっと欲望が駄々洩れすぎです。ここは執務室ですよ？」

今はマルタンしかいないとはいえ、誰が入ってくるかわからない。

ふう、とマルタンは嘆息した。

「エルネ様が素直で可愛らしい王女でよかったですね。クラルヴァインに広まっていたわがままな悪女という噂も根拠がないことがわかりましたし」

「それについては矛盾が多いな。お前はどう思ってるんだ」

「根も葉もない噂なんでしょうね。エルネ様も把握されている噂だとしたら、否定する方が不都合だと思ったのかもしれません。噂で守られるなにかがあると考えていいでしょう」

不名誉な噂を飲み込まなければいけない理由は一体なんだ。

ジェラールの眉間に皺が刻まれる。

「それにエルネ様の部屋の前にはあえて見目のいい騎士を選んで配置してますが、一度も私的な声がかかったことはないそうですよ。むしろいつも丁寧に挨拶をしてくれて好印象だと言ってますね。置物同然に扱う令嬢も多いというのに」

「おい、私に黙って見目のいい男を選んでいたとか聞いていないぞ」

「はて、言ってませんでしたっけ」

クマのぬいぐるみを抱きしめながら首を傾げる二十七歳なんて可愛くない。ジェラールの眉間に皺が寄る。

——もしも騎士の中にエルネの好みの顔がいたらどうするんだ。

考えただけでイラッとする。

——……好みの男が現れたら？　この私を差し置いてか？

考えたこともなかった。自分以上に見目のいい男がいるなんて。

いや、エルネが自分以外の男を選ぶなんて。あっていいはずがない。

——想像するだけで腹が立つ。私以外の男に興味を持つなど。

「まあ、あなた様の顔を見ても動じない方ですから、人の美醜に興味がないのかもしれません。本当に、お気に入りの騎士を寝室に連れ込んでいたという噂はなんなんでしょうねぇ。悪意しか感じませんよ」

こっそり騎士を部屋に連れ込むことは可能だったはずだ。だが彼女の趣味を知ったら納得がいく。

男性にちやほやされるより、ひとり時間を満喫することが好きなのだ。

「エルネ様は甘やかされたわがまま王女というより、控えめで我慢上手な印象ですね」

マルタンの意見には概ね同意だ。

王家の第三子であり、病弱な王女。

今は元気だが、子供の頃から寝台で過ごすことが多く、公の場には一度しか出たことがない。それも一年前の社交界デビューのみ。それ以降は王宮に引きこもっていたそうだ。

果たしてどこまでが本当なのだろう。

「元々はエルネスティーネが性悪な悪女だと聞いていたから興味を持ったわけだが、エルネを見ていてもその気配は一向にない。調教という意味では拍子抜けだな」

「またそんなことを……って、殿下。まさかこの期に及んでエルネ様を調教したいなんて思っていないですよね？　さすがにどうかと思いますよ！」

マルタンがぬいぐるみを抱きしめたまま抗議した。

ジェラールは長い脚を組み換える。

「落ち着け。私だってエルネを十分気に入っているし調教がしたいとも思っていない。性根が曲がっている女を従順にさせるのも、今では暇つぶし程度にしかならんと思っている。想像通りの悪女が来たら多分すぐに飽きていただろう」

「わあぁ……城がめちゃくちゃになるところでした。来なくてよかったです」

マルタンも家に帰れる時間が大幅に減っていたことだろう。わがまま放題の王女の世話は考えるだけで厄介だ。

「エルネは男に慣れていない。キスの反応からしてそれは間違いない。見目のいい男を護衛にさせても見向きもしなかったのは当然だな。男好きの王女ではないのだから」

演技をしているのではと疑ったこともあったが、エルネと外に出かけて杞憂《きゆう》だとわかった。自然体で振る舞う彼女が演技をしているとは思えなかった。侍女とのやり取りを見ていても、あれが素のエルネなのだろう。

「まあ、他の男がエルネに手を出さなくてよかったな。うっかり相手を斬り殺したくなっていたかもしれない」

「突然の殺戮《さつりく》発言やめてください」

――なんにせよ、鏡の精が言っていた通りだ。

きちんと自分の目と耳で見たエルネを信じるべきだ。噂などに惑わされるのではなく。

少しずつ彼女を知っていくにつれて、ジェラールの心に独占欲が宿った。

元々自分の素顔を見ても動じなかったエルネを好ましいとは思っていたが、今ではもっと感情がどろりと煮詰まっている。

腹の中で感情を煮詰めているような状態だ。エルネに対する適切な言葉が思い浮かばない。

――好きとか可愛らしいとか、そういうのとも違う。もっと深く繋がって、貪りたいような衝動すらあるな。

泣かせたいし啼かせたい。

誰にも頼らせたくはない。エルネが頼るのは婚約者の自分だけでいい。

言葉にならない感情を持て余しつつも、今後について考える。

「マルタン、クラルヴァインの王族をもう一度洗いだせ。特に第一王女、フロレンティーナを徹底的に調べろ」

「そうですねぇ、やはりフロレンティーナ姫が怪しいですよね。心優しい清らかな姫という賛辞しか聞こえてこないというのはどうにも嘘くさいですし」

すでにフロレンティーナに関する調書には目を通しているが、好意的な意見しかないのが気になった。

数多の男から婚約の打診が入っているそうだが、誰も選んでいないらしい。

婚約者選びに慎重になっているだけだと思っていたが、条件が厳しくて誰も選べないのではないか。

たとえばエルネの悪評のように、王女でありながら乙女ではない、とか。

「エルネの噂の出どころを突き詰めるぞ」

「はい」

「あと今夜からエルネと寝室を共にする」

「はい⁉」

ジェラールは壁掛け時計を確認する。まだ昼過ぎの時間帯だ。

「エルネをいつまで客室に滞在させるべきかと考えていたところだ。ちょうどいいから王太子夫妻の部屋に移動させるぞ」

「お待ちください、それはさすがに性急すぎません？　まだルヴェリエに来てからひと月ちょっとしか経ってませんよ！　エルネ様にも心の準備が……」

「心の準備なら十分だろう。もうキスもした仲だぞ。最初から様子見なんかせず物理的な距離を縮めておけばよかった」

「最初からなんて認められるわけがないでしょう！　それにキスをしたから同衾《どうきん》って飛躍的すぎますって！」

だが無理やりにでも距離を縮めなければ、ずっと現状維持になる。

ジェラールはせっかちだ。狙った獲物は早く味わいたい。

「私は気が短い。エルネが奥ゆかしい性格だとすれば、身体から落とした方が早いな」

「だ、ダメです！　無体を働いたら絶対にダメですからね⁉　とりあえずエルネ様にはお伝えしてみますけど、やっぱり嫌だと言われたら素直に引いてくださいね」

ジェラールは余裕綽々《よゆうしゃくしゃく》の笑みを見せる。

嫌だと言われなければいいのだろう？　と目で語り、マルタンは「こりゃダメだ」と早々に説得を諦めた。

◆　◆　◆

雲ひとつない青空の下、エルネは王妃主催のお茶会に参加していた。

真っ白なクロスがかけられたテーブルには一口で食べられる軽食の他、バタークリームと数種類のジャムのスコーン、メレンゲの焼き菓子、季節の果物を使ったムースなどで埋め尽くされている。

色鮮やかに咲く春の花を眺めながらのお茶会は見ているだけで和むはずだが、エルネはとても緊張していた。なにせ王妃とふたりきりなのだ。なにを訊かれるのかと考えると胃の奥がギュッと縮む。

教養も王女としての教育も自信はない。淑女としてのマナーは老齢の侍女から叩きこまれたが、どれほど通用するのかもわからない。

今は毎日必死に勉強している状況だが、クラルヴァインの国内の情勢や時事問題を詳しく訊かれると困る。

――あと、国の観光名所やオススメの場所とか、さっぱりわからないわ。行ったことがないから。

どうかそんな話題にはならないでほしいと願いつつ、王妃に勧められた菓子を一口頬張《ほおば》った。

「どうかしら。お口に合うといいのだけど」

「はい、とてもおいしいです。美食の国という名の通り、すべておいしくてつい食べ過ぎてしまいます」

そう言いながら、エルネは話題を慎重に選ぶ。クラルヴァインの食事について詳しく訊かれるのも困るのだ。

「若い頃に食べたいものを食べた方がいいわ。年を取ってくると胃袋が受け付けなくなってしまうのよ。昔は平気で食べられたものも、今では半分程度になったりするから。食べたいものは選ばないといけなくなるわ」

憂いを帯びた表情も美しい。そして王妃はジェラールの姉と言っても通用するくらい若々しく見える。

――ジェラール様と顔立ちはそっくりなのに、なにが違うのかしら。

王妃はジェラールと似た美貌を持ちつつも魂を吸い取られそうな魔性の美しさは感じられない。傾国という言葉がしっくりくるのはジェラールだけだ。

香り豊かなお茶を味わいながら、エルネは王妃の話に耳を傾ける。

「そういえば、エルネ様は手先がとても器用なんですってね。私もマルタンから手作りのぬいぐるみを見せてもらったのよ。とっても可愛らしかったわ」

「ありがとうございます。手芸が趣味なんです。手先を動かしていると無心になれます。出来上がったものを眺めると達成感も味わえて楽しいです」

マルタンへの祝いの品に手編みの靴下も考えていたのだが、すぐに大きさが変わってしまいそうだ。

それにあとひと月もすれば季節は初夏だ。厚手の靴下は使わないだろう。

「新生児の期間はすごく短いと聞いたので、大きく成長してくれることはうれしい反面少し寂しくもあるのかなと。生まれたときの体重と同じ重さのぬいぐるみは記念になるのではないかと思ったのですが、喜んでもらえてよかったです」

「そう、それよ！　とってもうれしい贈り物だわ。生まれた瞬間を思い出せるなんて。息子たちも幼少期は可愛かったのよ。今では成長しすぎたと思うけれど。長男は奇抜な被り物を被ってすっかり変人に育っちゃって、次男はしょっちゅう騎士団の遠征で不在にしてて女っ気がなし。将来が不安だわ……」

ジェラールの三歳下の第二王子は騎士団に在籍している。地方へ長期滞在しており、エルネはまだ挨拶をしたことがない。

――こんなことを仰るけれど、王妃様はちゃんとお母様だわ。ぬいぐるみを喜んでもらえるのは子供への愛情がある証拠だもの。

エルネは顔もほとんど覚えていない母親を思い出そうとする。だが最後に会ったのがいつだったかも思い出せない。

たとえ双子のぬいぐるみを作ったとしても、エルネの方はいらないだろう。見向きもせずにフローナのぬいぐるみだけを喜びそうだ。

――ああ、余計なことを考えたわ。お母様のことを考えてもろくなことにならないのに。

エルネの両親にとって、自分はいらない子供だなんて王妃たちに知られたくない。

王族は必ずしも愛情深く子供と接するとは限らないのだ。それこそ何年も顔を合わせないことも珍しくはない。

「もしよろしければ、王妃様にもなにか作らせていただけないでしょうか」

王妃の目が輝いた。

くるんとしたまつ毛が上下する。

「いいの？　本当に？」

「はい、あまり凝ったものは難しいですが。なにかご要望があれば仰ってください」

「それなら、私もぬいぐるみがいいわ！　出生体重と同じ重さの。でも二体は欲張りすぎだから、ジェラールが生まれたときの体重でお願いしようかしら」

「もちろんです。好きな動物や、使ってほしい布はありますか？」

「うれしいわ、どうしましょう。なにがいいかしら！　あ、材料は私が用意した方がいいわよね。あと製作費もきちんと支払うわ！」

「いいえ、私からの贈り物ですし、お気になさらず」

これではエルネが押し付けたようになってしまう。

だが王妃は自分の意見も取り入れられるのなら、受注生産の方がいいと言いだした。

「ルヴェリエは芸術の支援にも力を入れているのだから、こういうことはきちんとしないとダメよ。デザインができたら見せていただけるかしら？　材料費の他は製作時間を含めて代金を支払うわ。型紙から作るなら時間もかかるでしょうし、急がなくて大丈夫よ」

趣味で作っているものに対価を払うと言われると、いいのだろうかという気持ちがこみ上げてくる。だが決して嫌な感情ではない。

「ありがとうございます。ではすぐにでも描いてみますね」

紙とペンを用意してもらい、王妃の要望に応える。最初は緊張すると思われたお茶会だったが、意外なほど楽しいひと時が過ごせた。

自室に戻ると、ギーゼラがエルネの着替えを手伝いながら声をかけた。

「王妃様が気さくな方でよかったですね」

「ええ、本当に。クラルヴァインのことを詳しく訊かれたらなんて答えようかと思っていたけれど」

明るくて優しい王妃に育てられたジェラールが少しだけ羨ましい。

国王も王妃も常識的な人たちに見えるのに、ジェラールがひと癖もふた癖もある性格なのは環境がそうさせたのだろうか。

長椅子の前のテーブルに図案を広げる。ジェラールの印象で言うなら優美な大型獣がぴったりだが、それだと王妃がときめけないらしい。

「結局マルタン様と同じクマのぬいぐるみになったのですか？」

「そうなの。型紙はもうあるから作るのも楽だけど。つぶらな目にはジェラール様の目と同じ色の宝石を使うことになって、その調達は王妃様がしてくださるそうよ。でも、絶対高価な石だと思うのよ……」

ジェラールのネオンブルーの瞳はパライバトルマリンの色だ。王族の中でも彼と同じ色を持った者は国王の祖父だけらしい。恐らく隔世遺伝で現れたのだろう。

ギーゼラに図案を見せながら寛《くつろ》いでいると、訪問者が現れた。扉の前にいたのはどことなく疲れた顔のマルタンだ。

「マルタン様、どうされたのですか？」

わざわざエルネの部屋に来るのは珍しい。

訝しんでいると、彼はエルネに部屋の移動を促す。

「……移動、ですか。ここの部屋ではなにか不都合が？」

「いえ、そういうわけでは……あとエルネ様が悪いわけではないですよ。ただその、とても言いづらいのですが、殿下からの命令です」

「ジェラール様の命令であればすぐに荷物をまとめますが、私はどちらへ移動したらよろしいのでしょう？」

この客室も日当たりがよくて適度な広さで、十分居心地がよかったのだが。次の部屋もひとりになれる時間があるのならどこでも問題ない。

――水回りが隣接されている部屋だと便利でいいのだけど。

マルタンが覚悟を決めたように「王太子夫妻の部屋です」と告げた。

「……それはつまり？」

「はい、殿下と同室になるということです」

「……っ！　こ、困ります！」

のんきに水回りのことを考えている場合ではなかった。

三部屋が続き間になっており、中央の部屋はふたりの共同の寝室になっている。奥には王太子妃の私室があるそうだが、反対側はジェラールの部屋らしい。

廊下に出ずとも扉を開ければジェラールに会えてしまう。なんとも落ち着かない構造だ。

「マルタン様、何故急に部屋の移動を？　少々性急すぎると思いますが」

ギーゼラが助け船を出す。殿下がせっかちで申し訳ないです」

「私もそう思うのですが、殿下がせっかちで申し訳ないです」

頭を下げられるがマルタンが悪いわけではない。

──どうしましょう、これはバレるのでは？　もう隠し事も無理では!?

鏡の秘密を隠し通せる気がしない。

就寝前の時間にジェラールからほぼ毎晩呼び出しを受けている。もしも同じ寝室を使用したら、その呼び出しは一体どうなるのやら。

──あ、でもジェラール様の鏡は移動できないかも！　私の手鏡と違って姿見だから。

「ちなみに拒否権ってありますか？」

恐る恐るマルタンに確認する。

申し訳なさそうに眉を下げられた。

「すみません、エルネ様から殿下に直談判《じかだんぱん》してください」

「あ、いえ……遅かれ早かれってことですし、大丈夫です。すぐに荷物を移動させます」

「荷物の手配は私の方で対応します」

ギーゼラに任せて、エルネは取り急ぎ鏡台の引き出しに仕舞《しま》っていた手鏡をドレスのポケットに忍ばせた。これ以外なら誰に私物を触られても問題ない。

「では案内しますね。こちらへ」

王太子妃の部屋へ案内された。ここに通されるということはつまり、ジェラールも本気でエルネと結婚するということだ。

お客様扱いされていたエルネも本格的にルヴェリエの一員として振る舞うことになる。

——ど、どうしよう……ものすごく緊張するかも。

与えられた部屋にも寝台があった。こちらを使用したい。

「なにかお困りごとがあったらいつでも仰ってください。殿下に伝えますので」

マルタンが申し訳なさそうに頭を下げた。だが我の強いジェラールが折れるとは思っていない。

「なにかありましたら相談させていただきます」

閉じられた扉をしばし眺め、室内を見回した。

カーテンも壁紙も新調されたのだろうか。白を基調とした調度品は統一感があって美しい。

先ほどの客室よりもさらに広く煌びやかな内装は、王太子妃に相応しい部屋だ。

文句のつけどころなどないけれど、ジェラールが本気になったように感じる。戸惑いが強い。

「でもまさか、いきなり寝台を一緒になんて言ってこないわよね」

そこまで無茶は言わないだろう。

……そう思っていたのだが、この日早めに一人用の寝台で就寝しようとしたエルネはあっさりジェラールに捕まり、ふたりの寝台に連れ込まれた。

――寝ようと思ったら拉致されたわ！

鍵をかけなかった自分が悪いのだが、まさかノックもなしに扉を開けられるとは思わなかった。うとうとしていた頭が完全に覚醒している。

「ひとりで寝るなら部屋を移動させた意味がないだろう」

「ええ……っ」

大人が三人は寝られる寝台に運ばれた。

ジェラールは至近距離からエルネを見下ろす。ほんのり機嫌が悪いようだが、そんな表情すら絵画のように美しい。

「ジェラール様が何時に就寝されるかわかりませんし、ひとりで寝るならこの寝台は広すぎますので」

「私の部屋には寝台がない。つまり私はここで寝るしかない」

「はあ、そうなのですか」

隣の部屋のことを言っているのだろう。元々ジェラールが使っている私室はそのままにしているはずだ。

「王太子妃の寝台は、これまでの王妃たちの要望で置いているものだが。私としてはなくしてもいいんじゃないかと思っている」

「え！　だ、ダメですよ！　王妃様たちがせっかく残してくださったものを捨てるなんて」

ジェラールならあっさりやりそうだ。翌朝にはエルネの部屋から寝台が消えているかもしれない。

「寝台がなくなるのは嫌か」

「嫌です！」

「そうか、ならねだれ」

ジェラールはスッと目を細めて微笑みながらエルネを組み敷いた。

妖艶な微笑に秘められた思惑がわからず困惑する。

「え、ええ？　待ってください、なにを仰っているのか」

「要望があるならねだれと言ったんだ。寝台を残しておきたいなら私に可愛くおねだりしたらいい。それが嫌なら明日には撤去しよう」

そうしたら毎晩エルネはジェラールと眠ることになる。

なんとも自分勝手な言い分である。どちらを選んでもエルネは自分の首を絞めることになりそうだ。

「つまり、また私にキスをさせようと？」

「キスとは限らないぞ」

ジェラールの指がエルネの首筋を撫でた。

くるぶし丈のネグリジェは寝心地重視のものだ。ルヴェリエで用意されたもので、肌触りが心地いい。

だが首回りがしっかり開いているため、簡単にジェラールの手が侵入できてしまう。

「ン……ッ」

「なんだ、首が敏感か？」

指先で触れられるだけで肌が粟立《あわだ》つ。

エルネはギュッと目を瞑《つぶ》り、ぞわりとしたなにかを逃がそうとした。

「こうして男に身体を触れさせたことは？」

ジェラールの手が首筋から肩へと移動する。ただ触れているだけではない。

肩の丸みを確かめて、鎖骨に指を這《は》わせる触り方はエルネに潜む情欲を表面に引きずり出すものだ。

「あるわけないです……！」

「本当に？」

「あ……っ」

胸元が空気に触れた。リボンが解かれただけでネグリジェが簡単に暴かれていく。

「ジェラール様……」

「エルネ、正直に答えろ」

「ン……ッ！」

ジェラールの手がエルネの胸のふくらみに触れる。

素肌からジェラールの手の温もりが伝わって来た。途端にエルネの身体に熱がこもる。

やわやわと胸のふくらみを弄《いじ》られ、指先が先端をクリクリと転がす。

甘い疼きが下腹の奥に溜まっていき、キュンと収縮した。

お腹の疼きを感じるのは以前ジェラールとキスをしたとき以来だ。身体の変化が急速すぎてエルネの思考を奪う。

「ほんとに、こんなことジェラール様がはじめてですから……！　恥ずかしすぎて顔から火が出そう」

顔が真っ赤に染まっていることだろう。エルネの目も羞恥で潤んでいる。

エルネの左手首はジェラールの手で寝台に押さえつけられていた。胸を露出させられ片手の自由を奪われたまま、エルネはジェラールを見つめ返す。

「なるほど。こんな扇情的な姿を見たのは私がはじめてだと信じよう。それで、エルネは誰を庇《かば》っている？」

「え……」

「クラルヴァインの第二王女は病弱で甘やかされて育ったわがままな末っ子で、寂しがり屋でひとりでは寝られないからと男をしょっちゅう寝室に引きずり込んでいる、というのがあなたの評判だ。相手に婚約者がいようと関係なく、悪女とも呼ばれている。その噂の出どころは一体どこだ」

ジェラールがエルネの胸の頂をキュッと摘まんだ。

「ふあぁ……ッ」

反射的に腰が跳ねた。問いかけているのはジェラールなのに、まるでエルネに喋らせたくないみたいだ。

「隠し事があるなら正直に話した方が楽だぞ？　私はエルネの夫になるのだから」

「ン……ッ」

夫という言葉に心臓がドキッと跳ねた。なんとも生々しい響きだ。

婚約期間が空けたら婚姻するが、通常王族の婚約期間は短くても一年だ。もっとかかることも多い。

その期間中にルヴェリエの文化を学び必要な教養を身につけて、夫婦になる覚悟が作られていくのだと思っていたが、ジェラールはとっくにエルネの夫になる覚悟ができていたようだ。

「隠し事なんて、そんなの……」

たくさんあるに決まってるじゃないか。

国同士が結びつくのだ。言えないことなどごまんとある。

──身内の恥を晒すことも簡単にはできない。

ましてやエルネが幽閉されていたなどと知られれば、ジェラールがどんな行動をとるかわからない。エルネに呆《あき》れる可能性もあるし、事情を知っていてなにもできなかったギーゼラを責めるかもしれない。

それにエルネは長年にわたり、ジェラールの話を聞かされている。マルタンにも相談しにくいことも鏡の精には言っていたのだ。

その相手が自分より八つも年下のエルネだったと知ったら、彼の心が完全に離れてしまうかもしれない。

「なるほど、なかなか頑固だな。ならばエルネの素直な身体に訊くか」

「え……きゃあ！」

首筋を甘嚙《あまが》みされた。

獣が獲物に致命傷を与えるように、捕食者の印をつけられた。

首筋にきつく吸い付かれて、エルネの下腹がズクンと疼いた。お腹の奥が重怠《おもだる》く、下肢を動かせば淫らな水音が響く。

――下着が……！

湿った感触が伝わってきた。生理現象だとわかっていても、粗相をしてしまったんじゃないかと不安になる。

「ジェラール、さま……っ」

首筋をざらりと舐められ、彼の舌が鎖骨に到達する。鎖骨の窪《くぼ》みを舌先で愛撫《あいぶ》され、ふたたび歯を立てられた。

「ンゥ……ッ」

些細《ささい》な刺激を敏感に拾ってしまう。

痛みが快楽に変換されているようだ。歯型がつかない程度の強さだとわかっているのに、まるで自分が優美な獣のご馳走《ちそう》になったかのよう。

――食べられるみたい……。

ジェラールの頭に触れる。

柔らかな髪が指に絡まり、思っていた以上に触り心地がいい。

この美しい人がエルネに所有印を刻んでいるなんて、なんだか背徳感のようなものがこみ上げてきた。

今までエルネの周りには限られた人しかいなかった。鏡越しで交流していたジェラールもどこか現実味がなくて、遠い世界の人間だと思っていたのだ。

それなのに今はエルネの身体を貪るように愛撫する。胸の蕾を舐めて、舌先で尖《とが》りを刺激した。

「ひゃあ……ッ」

「こんないやらしい果実を隠していたのか。悪い子だな、エルネ」

ジェラールの舌が赤い実を転がす。徐々に硬く芯を持ち、甘く歯を立てられた。

「アァ……ッ！」

ジュン、と下着が濡れた感触がした。潤みが増して布地が重い。

胸を弄られながら舐められると頭がぼんやりしてきた。身体が熱くて思考がうまくまとまらない。

――なんでこんなことになっているんだっけ？

王太子妃の部屋から寝台を撤去しないでほしい。そのおねだりをするなら、エルネがジェラールの唇にキスをしなくては。

エルネはそっとジェラールを窺う。唾液に塗《まみ》れた胸元がなんとも卑猥《ひわい》だ。ぷっくりと赤く腫れた胸の果実も直視できない。

こんな風に弄られるだけで身体が変化してしまうなんて、書物だけではわからなかった。

ジェラールに触れられるだけで全身に甘い痺れが走り、素肌を撫でられると心拍数が上がってしまう。

――どうしよう、気持ちいい。

やめてほしいのにやめてほしくない。相反する気持ちがせめぎ合う。

恥ずかしくてたまらないのに、本能がさらなる快楽を求めてくる。きっと誰とでもこんな気持ちになれるわけではないだろう。

――私も、ジェラール様を翻弄したい。

今夜はまだキスをしていない。彼は唇に触れてこないつもりなのか。

ジェラールの手がエルネの腹部をゆっくり撫でる。そのもどかしい触れ方にすら神経が集中しそうだ。

エルネは自由に動く片手でそっとジェラールの頬に触れた。

「エルネ?」

彼が顔を上げた直後、手を後頭部に回し抱き寄せた。

「……ッ」

ジェラールの唇から動揺が伝わってくる。キスをされるとは思わず油断していたのだろう。

触れるだけのキスをしてからそっと下唇を食《は》んだ。ジェラールの身体が僅かに震えたようだ。

「……これで、さっき言っていたおねだりになりますね?」

エルネの寝台は現状維持にする。

その約束を口にすると、ジェラールの秀麗な顔が近づいた。

「不意打ちはずるいぞ、エルネ」

「え、ンン……ッ！」

カプリ。

エルネの小さな唇にジェラールが嚙みついた。まさしく食べるように歯を立てられて、僅かな隙間から舌を差し込まれる。

「ひゃあ、ンーーッ」

逃げるエルネの舌をジェラールが追い、容赦なく責め立てられた。

口の端から唾液が垂れる。顎を伝うのは一体どちらのものなのかもわからない。

指を絡ませて手をギュッと握られると、まるで恋人同士のような気持ちがこみ上げてきた。ただの婚約者ではなく、気持ちを伴った関係なのではないかと。

——ああ、どうしよう……抗えない。

このまま流されてしまいたい。心が赴くままジェラールに翻弄されて、心も身体も暴かれてしまいたい。

もうとっくにエルネはジェラールに心を許しているのだ。まだ秘密を伝えるには時間がかかるが、少しずつ明かしていきたいと思うほど。

――伴侶は一番の味方……ジェラール様に私の味方になってもらいたい。

いつだったかギーゼラに言われた台詞を思い出す。

夫婦になったら互いが味方になるのだと。

エルネが今まで抱えてきたことをジェラールに明かし、重荷を軽くしてもらいたい。そして彼が抱える重荷を預けてほしい。

「ああ、しまった。寝台のことなんか持ち出すんじゃなかった。問答無用で捨ててしまえば、毎晩エルネは私と寝るしかなくなるのに」

今にも舌打ちをしそうな勢いで呟かれるが、その言葉には独占欲が混じっている。

だが避難先は大事だ。

エルネは「約束は約束ですよね？」と潤んだ瞳で問いかけた。

「……エルネの部屋は現状維持にしておこう。だが足りない。あなたにはもっと私に馴染んでもらわなくては」

「え」

なにやら足元がスースーする。

くるぶしまで覆っていたネグリジェがたくし上げられていた。太ももの半分ほど露出した状態で、ジェラールがエルネの白い腿《もも》に手を這わす。

「ひゃあ！」

「柔らかいな。こんなに白いと簡単に痕がつきそうだ」

「だ、ダメです！　脚を持ちあげちゃ……っ」

——下着が見えちゃう！

じっとり湿った下着を晒してしまう。秘所に貼り付いた布地をジェラールに見られるなんて、恥ずかしいどころではない。

片脚を大きく広げられ、内ももに吸い付かれた。

「ン、アァ……」

エルネの腰がびくんと跳ねた。チリッとした痛みが気持ちよさに変換される。

「ほら、簡単に花が咲いた。しばらくは消えそうにないな」

ジェラールが満足そうに呟き、そしてじっと一点を見つめだした。

——な、なにを……違う、どこを見てるの！

「ジェラール様、脚を放して……」

「エルネ、私は婚約者として失格だ」

「え」

そんな殊勝なことを言うなんてどうしたんだろう。自信満々で傲岸不遜なジェラールらしくない。

エルネがこっそり警戒心を抱いていると、ジェラールはキラキラした笑みを浮かべたままエルネの濡れた下着の中心に指を滑らせた。

グチュン、と卑猥な水音が響く。

ジェラールは下着越しにエルネの敏感な花芽を探し当てて指で刺激した。

「ンーーッ！」

「こんなに濡らして我慢させていたんだから」

嬉々《きき》とした声でジェラールがエルネの脚を撫《な》で上《あ》げる。濡れて重くなった下着をいとも簡単に脱がし、用途を終えた布を床へ放った。

空気が触れてひやりとする。

エルネはしっとり濡れた秘所を見られたくなくて、必死にネグリジェの裾を下げようとした。

「み、見ちゃダメです！」

「何故？」

「何故!?　そんなの、恥ずかしいからに決まってます！」

自分でも見たことがない場所を見られるのはたまったものではない。それを容姿が憎たらしいほどに整っている相手に眺められるなんて、心臓が破裂してしまいそうだ。

「エルネ、夫婦になったらもっと恥ずかしいことをするんだぞ。こんなことでめげてはいけない」

めげているわけではない。

エルネは顔を真っ赤にさせてプルプル震えだす。

「ジェラール様、意地悪です……！　私が恥ずかしがっているのを楽しんでますね⁉」

「そうだな。とても愉快だ。もっと恥ずかしがる顔を見せてほしいし、エルネが羞恥のあまり泣いてしまったらさらに滾《たぎ》る」

はあ、とジェラールが艶めいた息を吐いた。

その吐息にまでふんだんに色香が含まれていそうだ。エルネは咄嗟に呼吸を止める。

――滾るという言葉が不穏すぎる……！

なにが彼の興奮材料になるのかさっぱりわからない。

ジェラールは前髪を軽くかきあげてからエルネの目を見つめた。

「それに今から少しずつ準備をした方がエルネの負担も少なくなる。意味はわかるか」

エルネは頭を左右に振った。

羞恥心に慣れる準備ならもうお腹いっぱいである。

「身体を慣らすことだ。あなたの身体に私のものは……まあ、頑張れば問題ないと思うが、なにもしなかったら痛いし苦しい」

「ひえ……痛いのも苦しいのも嫌です」

恥ずかしさに耐えた先に痛みがあるなんて拷問ではないか。

「私もいきなり無体は働きたくないということだ。この状況はすでに忍耐が試されるが……まあ、最後までやらずとも発散方法はいくらでもある」

ジェラールが不敵に微笑んでいる。

その頭の中はあまり覗《のぞ》きたくない。

——いまいちよくわからないけれど、深く考えてはいけない気がする……。

エルネは閨《ねや》教育をほとんど受けていなかった。知識は教材の書物にしか目を通していない。

エルネがひとり置いてけぼりを食らっていると、ジェラールは彼女のネグリジェの裾を持ちあげた。

「全部脱ぐか身に着けたままがいいか、選べ」

「え？　ぬ、脱ぎませんよ」

すでに胸を露出している状態だが、お腹とお尻は隠れている。

下着は脱がされ脚も丸見えではあるが、すべて丸裸にされるよりはマシだ。

「仕方がない。それなら裾をお腹まで持ちあげるんだ」

「……無理です！　それじゃあ丸見えになるじゃないですか」

プルプル震えたまま頭を左右に振った。

自分から見せつけるような趣味はないのだ。

「ならばエルネは目を閉じていればいい。視覚が使えなければ恥ずかしさも半減されるだろう」

「ええ？」

本当に？　と思いつつ言われた通りに目を閉じた。

太ももになにやら柔らかな感触がしたと思った直後、膝を立てられ潤んだ花園にぬるりとしたなにかが這う。

「ちょっ、やぁ……ッ！」

ぴちゃぴちゃとした音は間違いなくエルネの下肢から響いている。そしてグニグニと蠢《うごめ》くなにかは恐らくジェラールの舌だ。

「ジェラール様、まさか舐めて……！」

咄嗟に目を開けると、思った通りジェラールがエルネの股に顔を埋めていた。ネグリジェの中に入り込み、彼の顔はわからない。

だがその倒錯的な光景がエルネの頭をクラクラさせる。

「や、そんなダメ、ダメです……ってぇ」

太ももをがっちり固定されているため動かせない。

蜜壺から零れる愛液を啜《すす》られた。ズズッとした音がエルネの鼓膜を犯す。

自分の身体から零す体液を舐められるなんて、頭が沸騰しそうだ。こんなことを男女の営みでするなんて書物には書かれていなかった。

い。

──だって、男性器と女性器が合わさって受精するとしか……！

具体的な絵もなければ文字でサラッと書かれているだけ。なんなら男性器を見たこともない。

「ダメです、ジェラール様……そんなことをしたら赤ちゃんが……！」

「子供？　まだその段階ではないが」

ジェラールがエルネの花園に頭を埋めたまま喋った。

彼の声と吐息にまで身体が反応し、とろりと愛液が滴《したた》り落ちる。

「だって、これっていやらしいことですよね？　いやらしいことをしたら赤ちゃんができるんですよね？」

キスでは妊娠しないが、秘所を弄られれば妊娠する可能性が上がってしまう。

乏しい知識を集めながらエルネが告げると、ジェラールはジュッと蜜を啜ってから顔を上げた。

「今の発言はとてもよかった。もう一度聞きたいが、エルネの知識を確認する方が先だな。クラルヴァインで閨教育はどこまで受けている」

予想外の質問だ。エルネは咄嗟に声を飲み込んだ。

王族としてなにも知らないというのはおかしいが、エルネは甘やかされた末っ子で、こんなに早く婚約するとは思っていなかったから教育が間に合わなかったことにする。

「書物で簡単に学んだ程度で……あとは男女が密室にいたら間違いが起こることもあり得ると……その間違いは今のような状況ですよね？」

「その認識で合っているが、ひとつ訂正を求めよう。私とエルネがこのように触れ合うことは間違いではないし、むしろ初夜のための準備だ」

「準備？」

「先ほども言っただろう。私を受け入れるためには今から少しずつ慣らす必要があると。エルネは痛いのも苦しいのも嫌だろう？」

「嫌です！」

「ならば恥ずかしいことくらい我慢できるな？」

なんとなく誘導されている気がするが、反論する術も気力もない。

——そうか、今は初夜のための準備をしなくちゃいけないのか……。私の身体が未熟だから。

ここでマルタンがいれば、「今からするのは早すぎると思いますが！」程度に言ってもらえたのだろうが、残念ながらジェラールを諌めてくれる人がいない。

エルネがぼんやりする思考であれこれ考えていると、蜜でドロドロに溶けた場所にジェラールの指が挿入された。

「ン……ッ」

「ああ、狭いな。こうして指で少しずつ慣らす必要がある」

指を二本に増やされても痛みはない。十分に潤んでいるためジェラールの指を難なく飲み込んでしまう。

膣壁を擦られると、味わったことのない快感がせりあがって来た。胎内が熱くてたまらない。

子宮の疼きがなにを意味するのかも、経験の浅いエルネには理解が追い付かなかった。

「ほら、もう一本指を増やせそうだ。エルネは飲み込みが早い」

「んん……っ」

入口が少しピリッと引きつったが、耐えられない痛みではない。

ジェラールがもたらす刺激はすべてエルネの快楽へ変わっていき、身体の熱を逃がそうと荒い呼吸を繰り返した。

「音、いや……」

「ああ、このいやらしい水音か。エルネが滴らせている蜜の音だな。ほら、ちゃんと耳を澄ますんだ。一体これはどこから零れている？」

指の動きが速まった。わざと水音を立てている。

エルネが答えまいと口を閉ざしていると、ジェラールは敏感な花芽を親指でグニッと刺激した。

「アァ……ッ！」

「ほら、エルネ。ちゃんと質問に答えなくてはダメだろう。触れられるのははじめてなのにこうやってグチュグチュと弄られて気持ちよくなれるなんて、エルネには淫乱の素質があるんじゃないか？」

「ちが……淫乱じゃない……」

男性とこうして触れ合うのははじめてだとわかっているようだ。よほどエルネが演技派ではない限り未経験だと思われるのは当然だが。

「……この体液は、子宮から分泌されて膣を通っていくのだとわかってますが、私こんなに今まで零したことがないです……」

まるで粗相をしたのではないかと疑いたくなるほど、シーツもびしゃびしゃになっているだろう。

ジェラールがエルネに見せつけるように指を抜き、蜜を纏ったそれを舌先で舐めとった。

「……ッ！」

情欲が灯《とも》る視線がエルネの心臓を締め付ける。この眼差しで見つめられたら自分が持つすべてのものを無条件で与えてしまいたくなりそう。

――もう頭がクラクラする……。

彼から放たれる色香を吸い込みすぎてしまったようだ。酩酊感と睡魔に襲われる。

「エルネ、寝てもいいがあなたの手を借りるぞ」

「はい……？　どうぞ……」

手を繋いで寝たいのだろうか。案外可愛らしいところもあるようだ。

呼吸が少しずつ落ち着くと共に、エルネの意識は沈んでいく。

貸し出した手に触れた熱い杭《くい》がなんだったのかは、エルネが気づくことはない。

第六章

とても懐かしい夢を視た。エルネが一番最初にジェラールと交流した日のことだ。

当時エルネは十歳でジェラールは十八歳だった。突然鏡の中から声が聞こえ、お互い非常に驚いたのを覚えている。

【誰だ、貴様は。名を名乗れ】

今にも斬られそうな冷え冷えとした声だったが、よくよく聞くとどうやら彼の方からエルネの姿は見えていないらしい。

エルネの近くにいる人は少ないため美醜というものはよくわからないが、絶世の美男子という表現がぴったりだと思った。欠点というものなどひとつもなく、恐ろしさすら感じさせる美貌だ。

【名乗れないということは名を奪われた罪人か？】

ジェラールの勘違いに乗り、エルネのことは「鏡の精」で定着した。

――私が私以外のなにかになれるなんて、ちょっとくすぐったい。

自分を知らない相手との会話はとても気が休まった。

ジェラールも不思議な鏡に閉じ込められている状況を面白がっていたようだ。そんな文献はどこにも残っていないが、目の前に証拠があるのだから否定はできない。

【鏡の精はいくつなんだ。そもそも男か？　女か？】

「この鏡に閉じ込められてから幾星霜……外の世界が何百年経過したのかはわかりかねます。私の性別はもはや無意味なもの。あえて言うならどちらでもない存在でしょうね」

少しずつ鏡の精という罪人の設定を作り上げていく。詳しいことは覚えていないと言い乗り切った。

――お互いただの気まぐれで暇つぶしみたいなものよね。ジェラール様は飽きっぽいようだし、すぐに興味が失せるはずだわ。

月に数回の交流は途切れることなく数年が経過した。二年が経過する頃にはジェラールの素性を知り、耳を疑った。

まさか隣国の王太子がこのような交流を面白がってするとは思わなかったのだ。

【お前からはこちらの光景が見えるんだったな。それならこの絵画を見せてやろう。私の側近が描いた愛犬らしいが、どうだ？　独創的だろう】

「か……可愛らしいわんちゃん？　ですね」

犬のような物体なのかもわからないが、犬らしい。かろうじて尻尾がどこに生えているのかはわかったが、なんとも味のある絵だった。

【王宮の敷地内には湖があるんだが、夏はとても清々《すがすが》しい。夜になると蛍が見えることで有名だ。お前、蛍を見たことは？】

「ありませんね……記憶にはないかと」

【そうか。ならば今度は蛍が描かれた絵画を持ってきてやろう。実際に鏡を外に持ち出すのは骨が折れるからな】

時折本当にジェラールは絵画を含めた芸術品を鏡の精に見せびらかした。暇つぶしだと言いつつ、エルネは大事な友を得たような心地になっていた。

思い返せばエルネが離宮に閉じ込められていても不満がなかったのは、ジェラールの暇つぶしで外の世界を知ることができたからかもしれない。

【お前は外に出たいと思わないのか】

何気ない問いをかけられて、エルネは息を呑んだ。

ジェラールは自由になりたくないのかと聞いている。

「……正直わかりません。私が知っている外の世界はジェラール様が教えてくださる話だけですから。あなたがたくさん話してくださるだけで十分楽しいです」

離宮の外に出て生きてみることを想像するが、現実的には難しい。

未成年で保護者もいない状況で、なんの後ろ盾もなくひとりで生きていけるほどクラルヴアインは生易しい国ではない。

【わかった。軽率な発言だったな。鏡を割れば呪いが解けるかと思ったんだが】

ジェラールの手には工具があった。

そんなもので鏡を割られたら二度と修復できなくなる。

「……物理的な攻撃は危険ですからお止めください。この鏡にかけられた魔法が消失したら私とあなたはもう二度と会話ができなくなります」

【魔法なんておとぎ話だろう】

「そうですね。では不思議な鏡のままでいいでしょう」

鏡を通じて会話ができる謎は解けないままでいい。ただ破壊されないように気を付けなくては。

それからエルネは手鏡をしまう袋を作成した。手鏡をうっかり落としてしまっても割れないように衝撃を吸収するものを。未だに手鏡は無傷のままエルネの手元にある。

――そう。ずっと何年も、私にとってジェラール様は特別な人だった。ただの知人でもなくて友人でもなくて、もっと大切な初恋の人。

彼は美しすぎるが故に孤独を抱えている人だ。己の弱みを見せないため孤独だとも認めないだろうが、周囲が腫れ物を扱うように接していることはわかる。

子供の頃から傍にいる限られた人だけしか彼のことを知らない。素顔を見せずとも人間関係は構築できるが、顔を見せたら男女関係なく惚れられてしまう。相手が一方的に隷属を誓うような力関係は不幸だろう。

きっと胸の奥で芽生えていた感情は最初から恋に近かった。

エルネに世界が広いことを教えてくれて、見たことがないものを見せてくれる。

彼の愚痴も相談もエルネにとっては興味深くて、ひとつ聞くたびにジェラールの魅力に気づかされる。

手が届かないところにいるからこそ、その感情を認めずに済んだ。エルネは離宮を出られないだけでなく、遠い隣国になどひとりで行けるはずがない。

そもそもエルネは鏡の精だと偽り、性別も年齢すら詐称しているのだ。ジェラールが鏡の精の正体に気づいたとき幻滅して鏡を割るかもしれない。

よくよく考えれば大国の王太子の個人情報を抜き取り放題だなんて危険極まりないのだ。いくらエルネが悪用していないとはいえ信じてもらうのは難しい。

――そうだった。だから長年気づかないふりをしていた。だって恋だと認めてしまったら苦しさしかないもの。

でもそれもおしまいだ。

ジェラールの傍にいて彼の新しい一面を知るたびに、もっと深く知りたくなる。

そして今度は鏡の精ができなかったことをエルネがしてあげたい。ジェラールの悩みを傍で支えることができたら、彼がエルネに与えてくれたものを少しは恩返しできるだろうか。

離宮に幽閉されていても孤独を感じなかったのは、ジェラールの存在が大きい。初恋は実らないと言われているけれど、一度閉じ込めた感情を今度こそ自由に実らせたい。


「ン……」


ふと、エルネの耳に微《かす》かな寝息が届く。

重い瞼《まぶた》をそっと開けると、目を閉じたジェラールがエルネを抱きしめていた。


「……ッ！」


──何故同じ寝台にジェラール様が？　抱きしめられながら一晩寝ていたなんて気づかなかった！

身じろぎをしようにも動けそうにない。

そっと身体を確認する。

全裸ではないことにホッとするも、ジェラールの上半身は裸だった。


「(ひゃあ……ッ⁉)」


声にならない悲鳴をあげそうになった。昨夜の記憶が徐々に蘇ってくる。

散々身体を撫でまわされて触れられて、恥ずかしいことをたくさんさせられた。エルネが真っ赤になって震える姿を楽しそうに見つめていた気がする。

──あ、あんな大胆なことをたくさん……あちこち舐め、舐められぇぇ……！

顔から火が出そうだ。もうお嫁にいけない。いや、嫁ぐ相手にあれこれされたのだが。

だが最後はどうなったのか思い出せない。ジェラールはエルネの身体をたくさん愛撫してくれたが、彼は満足できたのだろうか。

――男性はどうやって満足するのかしら？

寝てしまったことを根に持っていないだろうか。そもそも同じ寝室で寝ることになっていきなり手を出してくるのも紳士的にはどうなのだ。

きっと彼の言い分としては、「遅かれ早かれなら早い方がいいだろう」ということに違いない。

「……エルネ、まだ早い」

ジェラールが寝たまま呟いている。寝言だろうか。

抱きしめる腕に力が入った。彼の体温がネグリジェ越しに伝わってくる。

――うう……心臓が落ち着かないわ！

せめて服を着ているべきだ。寝るときは全裸派だと言われたらどうしよう。それを受け入れられるほどエルネの心は広くないし、毎晩芸術品のようなジェラールの裸体を見て動揺しない方がどうかしている。

――本当に、寝ているだけで神々しすぎる……。

ジェラールの一番の魅力は吸い込まれそうなほど美しいネオンブルーの瞳だが、その目を閉じていても彼の美貌は半減されない。

長い金のまつ毛に縁どられた目、スッと筋が通った鼻梁《びりょう》、少し薄めの唇。そのすべてが完璧に整っている。

こうして見ているだけなら絶世の美男子というだけなのに、隷属を誓いたくなるような魔性のなにかはどこから放たれているのだろう。持って生まれたジェラールの特性としか言いようがないが。

——こんな風に毎晩抱きしめられて寝るなんて心臓がもたないわ……。

このドキドキはきっとジェラールに対してだけ発生するものだ。他の男性に抱きしめられるのを想像するだけで拒絶感が湧く。

彼が美しすぎるから気になるのではない。少々面倒な性格をしているのに実は面倒見がいいところも好ましい。きっと懐に入れた人間には甘いのだろう。

——顔も好きだけど顔だけじゃない。困った性格も、優しいところも全部惹かれているんだもの。

エルネはギュッと瞼を閉じる。彼の温もりを感じられる場所を他の誰かに譲るなんて絶対に嫌だ。

騒がしい心臓を宥めつつもなかなか落ち着かない。

ああ、そういえば下半身まで脱いでいたらどうしよう。確かめる度胸はないけど非常に気になる。

二度寝することも起きることもできず、エルネは悶々《もんもん》とした気持ちでじっとジェラールが目覚めるのを待った。


その日の晩のこと。

夕食を食べ終えた後、ジェラールはエルネの手を引いてどこかへ連れて行く。

「エルネに見せたいものがある」

「まあ、なんでしょうか。楽しみです」

きっと珍しい美術品が手に入ったのだろう。ジェラールは芸術を愛するルヴェリエの王太子らしく芸術への造詣が深い。王宮内のあちこちにある美術品を見せてくるほど、エルネと美術鑑賞をするのが気に入っているようだ。

――食後の散歩にちょうどいいわね。まだ寝る時間には早いもの。

そんなのんきなことを考えていたのだが、連れて来られたのは一室の部屋だった。

「ここは？」

「私の部屋だな」

ジェラールがずっと使っている部屋だという。

そんな特別な空間に招かれて、エルネはなんだか心臓が騒がしくなった。

――どうして急に私を連れてくるつもりになったのかしら。

部屋になにか見せたいものがあるとすれば、どんな希少価値の高い芸術品なのやら……なんとなくざわざわする気持ちのまま寝室の奥へ連れて行かれる。

そしてジェラールが扉をもうひとつ開けると、中は物置のような部屋になっていた。

――衣装部屋ではないわよね。

年季の入った調度品や絵画など、多数のものが置かれている。不用品というには手入れがきちんと施されたもので、価値の高いアンティークが多いようだ。

ふと、エルネはある一角に視線が吸い寄せられた。

壁面に立てかけられたなにかだ。埃避けに布を被せている。その形状と大きさを見て、まさか……と疑念を抱いた。

――鏡の精を私に紹介するつもりなんじゃ……!?

ジェラールが布をどかした瞬間、ぶわっと冷や汗が出た。アンティーク調の等身大の鏡はエルネの手鏡とどことなく似ている。

――マズいわ、逃げよう！

エルネは咄嗟に扉へと踵を返す。

「じぇ、ジェラール様、私ちょっとお花を摘みに……」

「少し待て、すぐ終わる」

手首をパシッと握られる。その瞬間、エルネは心の中で白目を剝《む》いた。

今朝、鏡の精としてジェラールと出会った時の夢を視たからなのか。思い出に浸っていただけでこんな行動をとられるとは思わなかった。

あの夢は何らかの暗示だったのかもしれない。

【鏡の精、いるか】

ジェラールがいつも通りに鏡に話しかけると、エルネのドレスのポケットが青白く光った。

――えええ⁉

今までに見たことがない発光だ。いつもは淡く光る程度なのに、ポケットに入れていても丸わかりなんて経験したことがない。

「エルネ、ドレスになにを隠し持っている」

「な、なにも⁉」

「そんなに光っていて言い逃れできないだろう。大人しく見せなさい」

「淑女のドレスに手を突っ込むなんて紳士としてあるまじき行為では⁉」

「私が紳士だと？　今までなにを見てきたんだ。そんな幻想は捨てろ」

酷い台詞だ。自分から言っていいことではない。

エルネが必死になって抵抗するも、当然ながらジェラールに敵《かな》うはずもなく。エルネの両手首はジェラールの手にひとまとめにされた。

「この場でドレスの中を改めようとしているわけでもないのに、無駄な抵抗を」

「ものすごく悪役な台詞が似合う王子様ってどうかと思いますよ！」

ここにマルタンがいたら同意してくれたことだろう。切実に味方がほしい。

未だに発光しているエルネのドレスのポケットに、ジェラールの手が突っ込まれた。

「あ、待ってください！　ダメですって、ジェラール様っ！」

「なんだ、手鏡か」

持ち歩くときは袋に入れず、そのままドレスに入れていたのがよくなかったのかもしれない。

手のひら程度の大きさの手鏡を見て、ジェラールが眉を顰める。

鏡面から青白い光を放つなんて怪しさしか感じないのに、ジェラールはじっと見つめている。そして光が落ち着くと、手鏡にはジェラールの背中が映った。

「は？」

ポカンと口を開けて驚愕の声を出した。

緊張のあまりエルネはゴクリと唾を飲む。

自由になった両手を引き寄せてそろりそろりと移動する。が、エルネの左手首はジェラールにがっちり握られた。

「エルネ」

【エルネ】

「鏡の精はどこだ」

【鏡の精はどこだ】

――反響なんかじゃ言い逃れできない……！

両方の鏡から声が聞こえる。エルネはもう顔面蒼白《そうはく》どころではない。

ジェラールが姿見の前に立つ。エルネの腰を引き寄せて、唇はにっこりと弧を描く。だがその目の奥はまったく笑っていない。

――ひぃぃ……！

「随分と奇妙な現象になっているな。私たちの姿がほら、この手鏡に映っている」

【随分と奇妙な現象になっているな。私たちの姿がほら、この手鏡に映っている】

二重に責められているようだ。エルネの魂が口から抜けそうである。

ジェラールが鏡に布を被せた。

姿見から声は聞こえなくなり、ふたりの姿を映していた手鏡も元の状態に戻った。

そして完全に静けさを取り戻すと、ジェラールはエルネをじっと見下ろした。

「どういうことだ？」

「……っ！」

――どうしよう。こんな風に暴かれるなんて思っていなかったから咄嗟に言葉が出てこない。

なにから説明するべきなのかわからず頭が真っ白だ。

そしてなにより、ジェラールの目が冷え冷えとしている。エルネが築いてきた鏡の精としての信頼と、エルネ自身の信頼を一瞬で失ったかのよう。

「ご、ごめんなさ……」

「謝罪は聞きたくない」

「ッ！」

エルネの肩がビクッと揺れた。

明確な拒絶を受けて目頭が熱くなってくる。

――違う、泣いちゃダメ。泣くのはズルい。

だが感情の揺れ幅が大きくなり、自分でも制御ができなくなった。気づくとエルネの頬に冷たい雫が伝う。

泣いて許しを請いたいなどと思っていないのに、勝手に溢れてくる涙が止まらない。

エルネはサッと涙を拭うとジェラールから手鏡を奪い返し、「これは私の大事な鏡です」と告げた。

ジェラールの目を直視できない。彼の顔からは一切の感情が読み取れなくなっていた。

――この人は静かに怒る人だ……。

感情的に怒鳴ることはしない。

ただすべての感情を消した表情がゾッとするほど恐ろしい。

エルネはギュッと手を結び、説明をさせてほしいと告げる。

「今は聞きたくない」

「……ッ！」

手首を握られ部屋の外へ連れ出される。

「ジェラール、様……」

目の前で扉が閉じられた。

それは彼の心の扉が閉まった音のようでもあった。

「あの、大丈夫ですか？　中でなにが……」

泣いた跡を見られたのだろう。護衛騎士がエルネにハンカチを渡してくれた。

エルネは目頭を再度指で押さえて涙を拭う。

「お気持ちだけで大丈夫です、ありがとうございます」

「いえ、こちらこそ出過ぎた真似を」

ひとりで戻ると告げるがそういうわけにもいかず、彼らはエルネの後ろをついてくることになった。

だがそれ以上追及の言葉がないことがありがたい。

——どうしよう。嫌われちゃった……どうしよう。

ちゃんと真面目に考えておくべきだった。

もう少し信頼関係を築いてからエルネが打ち明ける予定だったなんて今さら言っても遅いが、折を見てエルネから伝えるつもりでもあった。墓場まで持って行きたいけれど、ずっと隠し通すなんて不可能だから。

だけどこの関係が心地よくて、しばらくは現状維持でも問題ないと思っていたのも事実だ。

——ちゃんと謝らないと。騙していてごめんなさいって。それで順序だてて話して、クラルヴァインでのことも私が悪女と言われている秘密も言わないと。

そうするとエルネが魔女の生まれ変わりだと蔑まれていた状況も説明することになるが、もうなにも隠したくはない。好きな人に秘密を抱いたまま接するのは苦しい。

——拒絶されることがこんなに胸が苦しくなるなんて知らなかった。

いくら両親やフローナから冷たくあしらわれて拒絶されてもなんとも思わなかったのに、ジェラールから冷たい目で見下ろされると心臓が凍ったようだった。

好きな人からあんな目で見られて、どう謝罪したらいいのかわからない。

ふらふらした状態で部屋に戻り、いつもの習慣でふたりの寝台に倒れこむ。

今朝はジェラールの寝顔にドキドキしていたというのに、たった半日でこんな感情になる

なんて落差が激しい。

「自業自得だってわかってるけど、説明も聞いてもらえなかった」

今は聞きたくないというのは、冷静に考えられるようになってから聞きたいということでいいのだろうか。

お互い混乱状態だろう。きちんと話し合いができるようになってから説明するべきだとわかるが、それまで待たなくてはいけない。

待っている間にジェラールの心変わりが起こり、エルネに興味が失せたと言われたらどうしよう。彼はエルネを好きだとも言っていなかった。

「……そうだわ。キスはしても、言葉ではなにももらってない」

興味深い玩具程度にしか思われていないのではないか。

一度自分のものだと思ったら手元に置いておく性分らしいが、それも今回は違うかもしれない。

のろのろと簡単に湯浴みを終えて、エルネは寝台に横たわる。もしかしたら夜中に帰ってくる可能性もゼロではないかもしれない。

だが予想通り、この日ジェラールは寝室に帰ってこなかった。

◆　◆　◆

ジェラールと会わない日々が続き、早くも五日が経過した。

いつになく無口なエルネをギーゼラが心配そうに窺う。

だがエルネはジェラールと少々すれ違いになっているだけと言い、細かい説明は避けた。

なにせギーゼラにも鏡の精については伝えていない。

傍にいたら無駄に心臓がドキドキしてうるさいのに、ジェラールに会えないことが辛い。

誰もいない朝食の席でスープを啜る。

卵のスープは程よく塩味があり胃に優しい。

傷心中のエルネに食欲が失せるようなことはなく、むしろ通常通りもりもり食べられるのは図太いのか。

――図太くて上等だわ。王宮内でジェラール様を見つけたときに追いかけられるようにしないと！

突如王宮内で追いかけっこがはじまったら周囲は唖然とするだろう。淑女のやることではないと窘《たしな》められても構わない。

ジェラールと仲違《なかたが》いをしてから二日間はめそめそと反省し今後について考えていたが、三日も避けられるといい加減冷静になる。

昨日からはいつまで避けるんだという怒りも湧いてきて、どこかで見つけたら追いかける気満々だ。一週間も続くようであればマルタンを呼び出そうとも考えている。

サラダにフルーツとオムレツまでぺろりと平らげて、バターがたっぷり練りこまれたパンを二個も完食した。

食後の紅茶を啜っていると、食堂の入口から予想外の人物が現れた。

「ああ、ここにいたのか。おはよう、エルネ嬢」

「っ！　おはようございます、陛下」

思わず席を立とうとすると、国王に手で制される。

そのまま彼はエルネの前の席に座り、「私にもお茶を」と給仕に頼んだ。

——一度も朝食をご一緒したことがなかったのに、どうされたのかしら……。

やはりジェラールのことだろう。エルネと仲違いを起こしているとの話が耳に届いているのかもしれない。

真偽を確かめに直接エルネに話しに来たのなら、エルネはどこまで打ち明けるべきか。

——はっ！　もしかしたら婚約解消したいって話なんじゃ……！

クラルヴァインへ強制送還。幽閉生活へ逆戻り——。

エルネの心臓が嫌な音を立てた。

離宮での自由な生活は気に入っていたのに、もう戻りたいとは思えない。それになにより、ジェラールときちんと話せずに別れるのは嫌だ。

——私以外の令嬢がジェラール様の隣に並ぶのも嫌だわ！

想像するだけで嫉妬してしまう。ジェラールがほしいと思ってくれるのは自分だけがいい。

俯《うつむ》きそうになる顔を上げて国王を見つめる。

ジェラールの面影もどことなくあるが、国王の目元が優しくてホッとする。

「急に邪魔をしてすまない。私の時間がここしか空いてなくてね」

「いえ、ご一緒できてうれしいです。お忙しいところありがとうございます。それで、なにかございましたでしょうか」

エルネが内心ドキドキしながら国王の様子を窺うと、彼はなにやら苦悩しているようだ。

朝から似つかわしくない重い息を吐いた。

「ああ……なんというか、ジェラールのことなんだが。最近の話は聞いているか？」

「いいえ、実はこの五日ほどお姿を拝見していません。……なにかあったのでしょうか」

まさかエルネのせいで床に臥《ふ》せっているのでは……と思ったが、あのジェラールだ。そのような繊細な心は持っていないだろう。

——私が言うのもなんだけど、弱っている姿が想像できない……。

むしろ周囲に八つ当たりをしている姿の方が想像できる。

「そうか。ならば現状を簡単に説明すると、ジェラールは被り物を脱いでいる」

「……はい？」

「被り物を脱いでいるのだ」

二度言われた。

エルネは目を瞬いた。

「両陛下やマルタン様の前だけの話ではなく……？」

「違う。数日前……四日前だったか。突然朝議に被り物なしでやってきた。この意味がわかるか？」

「それは……滞りなく進められたのでしょうか」

エルネはジェラールの顔を見慣れているが、はじめて見る人たちにはどう映るのだろう。

国王は「悪夢を思い出した」と呟いた。

紅茶を一口啜り、重い溜息を吐く。

「あやつめ、十五のときから欠かさずに着けていた被り物も仮面も止めて、素顔を晒して王宮内を歩いているのだ。ジェラールの顔に耐性のない者たちは心を奪われ正気を失う。議会に参加した大臣たちは妻子持ちだというのに、家庭崩壊の危機だ。挙句には少し詰めが甘い資料を見せられただけで、「貴様らは無能か？　餌を待つだけの豚か？」と問いはじめ、豚を選んだ者たちが続出した」

「豚……」

収拾がつかない事態に陥ったことを説明され、エルネの口許が引きつった。

何故選択肢が豚なんだろうという疑問はあるが、それを選んで罵倒されたい大臣たちが心配になる。

——確かジェラール様が十五歳のとき、悪夢の三日があったとか……。

ジェラールがはじめて議会に参加したとき、ジェラールの素顔を見て陶酔した者が数多く現れたとか。

詳しい説明は受けていないが、皆そのときの記憶がすっぽり抜けているらしい。よって悪夢で処理をされたらしいが、なんとも厄介な美貌である。その日以降、ジェラールは国王の命令で顔を隠すようになったのだ。

「そ、それでその後はどうなったのですか？」

「議会は中止にせざるを得なくなった。急な暇を貰うことになった大臣たちが多数現れ、あちこちで混乱状態だ。私も国王として、父親としてどうしたものかと考えたのだが、ジェラールの言い分ももっともでな」

「言い分ですか？」

「いつまでも顔を隠したままではいられないだろうと。それに結婚式で顔を晒すよりは事前に見せて耐性を作った方がいい。荒療治かもしれないが、周囲が慣れるしかない」

それは確かにもっともである。

どうやら被り物をするのも独身の間までという決まりを作っていたそうだ。

確かにジェラールが既婚者となってしまえば多少は周囲の理性も働くはずだ。寵愛《ちょうあい》を得ようとする者も出て来なくなるだろう。多分。

王太子の美貌に心酔し使い物にならなくなるため顔を隠すというのは、当の本人としては面白くなかっただろう。

――……そうでもないわね。面白がって自分から被り物を作らせていたもの。

鏡の精の前では顔を隠していなかったが、新作の被り物を見せてもらったことは何回かあった。

「外見も内面も派手で我の強い息子だが、突然そんな行動をし出したのはなにか理由があるはずだ。とはいえこの状況は周囲に八つ当たりをしているだけとしか思えんが」

エルネは無言で頷きそうになった。それは本当にその通りだろう。

なんとも大規模な嫌がらせ行為である。

王宮内を歩くだけで仕事が手につかない者が大勢現れ、このままではジェラール教の信者が量産されてしまいそうだと嘆かれた。エルネの良心がズキズキ痛む。

――私がちゃんと謝ればいいのかな。

きちんと説明して、騙していたけど騙すつもりはなかったのだと話し合えたら彼の心も落ち着くだろうか。

だが被り物の根本的な解決にはならない。いつかは通る道であるというのはその通りなのだ。

「それでな、そんな騒ぎを起こした息子をすぐに謹慎処分にした。しばらく大人しくさせておこうと思ってな。今朝はエルネ嬢への報告が遅れてしまったことを詫《わ》びに来たのだ。申し訳ない」

「いいえ、そんな！　お気になさらないでください。わざわざご報告ありがとうございました」

「一応三日間の謹慎を言い渡したのだが、今度は部屋から出て来なくなった」

「え？」

「今は自主的に謹慎している状態だ」

「なんと……」

国王が額を押さえている。頭痛がするようだ。

エルネは国王にジェラールと話してみると告げて自室に戻り、愛用している工具入れから使えそうなものを数点持ち出した。

右のポケットにはいつも通り手鏡を入れて、左には暗器にも使えそうな針金などを忍ばせている。

――絶対部屋を開けてくれないと思うから、施錠破りをするしかないわ。

ジェラールの私室の前では、大量の書類を抱えたマルタンが嘆いていた。

「殿下〜もう謹慎は解けてるはずですよ。さっさと大人しく仕事してください〜！」

マルタンが扉を叩くも中から応答はない。完全に無視しているようだ。

「いつまで拗《す》ねてるんですか？　子供のような嫌がらせは止めましょうよ！」

『うるさい。今までまったく休暇を使ってこなかったんだぞ。これは正当な権利だ。私の予定はお前が調整しろ』

「調整は十分してますけど！　じゃあいつ出てくるんですか！」

『気が済んだらだ』

マルタンが盛大な溜息を吐いて項垂《うなだ》れた。いつになったら気が済むのやら。

――思っていた以上に大変そうだわ……。

扉の横にはずらりと書類が並べられている。山が三つも作られているのを見ると、あれは何日分が溜まっているのだろうと思わずにはいられない。

エルネはマルタンにそっと近づき、声に出さないように口許に指を添えた。

小声でエルネがジェラールと交渉することを告げる。

マルタンは一旦この場を去ったことにして、ジェラールを油断させてほしいと言うと、彼は快く頷いた。

「(こんなに横暴な殿下を見捨てないでくださるなんて……女神ですか？　大方エルネ様とぎくしゃくして苛立っているのだと思うのですが、原因は殿下ですよね。本当にすみません）」

「（いえ、今回は私の方に非があるので……）」

詳細は伝えられないが、原因はジェラール側だと思われるのは良心が痛む。

マルタンに謝罪と礼を告げられた後、彼はいささか大きな足音を立てて去って行く。若干わざとらしいと思うが、まあいいだろう。

——しばらく人払いをしてもらったから、気兼ねなくできるわね。

左ポケットに突っ込んでいた工具を取り出す。硬い針金と、針金を曲げる工具を使い、形を整えて施錠されている鍵穴に突っ込んだ。

手先が器用なエルネなら鍵を開けることも難しくない。少々時間はかかるが、鍵の造りはどこも似通っている。

手ごたえを感じた直後、エルネは素早く扉を開いた。

長椅子に寝そべり読書をしていたジェラールがギョッとした顔でエルネを見つめる。

「信じられない。泥棒のような真似をする王女なんて聞いたこともないぞ！」

ジェラールは長椅子からサッと立ち上がった。憔悴《しょうすい》している様子もなく元気そうだ。

「大げさですね。鍵を開けただけじゃないですか。私はなにも盗んでませんけど」

「……盗んだだろう。奪った私の心を返せ」

ジェラールが続き間に入り、姿見のある小部屋へ逃げた。

慌ててエルネも後を追うが、目の前で小部屋の鍵がかけられてしまう。

「あ！　ジェラール様、出てきてください！」

扉を叩くも彼からの応答はない。

——ちょっと強引だったかしら。でもこうでもしないとずっと会えないかもしれないもの。

エルネが彼を騙していたのは事実だ。最初についた小さな嘘がこんな風に暴かれるなんて思ってもいなかったのだ。

ジェラール本人に望まれて嫁ぐことになるなんて想像もしていなかったから。

エルネは小さく息を吐いた。

ふたたび鍵を開けることはしない。無理やり距離を詰めたら、彼は心を閉ざすかもしれない。

ポケットに入れている手鏡を取り出し、そっと鏡面を撫でた。

今までエルネは自分からジェラールを呼び出したことはなかったが、逆も可能かもしれない。

鏡面に触れながらエルネは彼の名を呼ぶ。

「……ジェラール様、顔を見せてください。扉を開けたくなければそのままで結構です。鏡に映ったあなたが見たいの」

見たいと言ってこちらの要求を受け入れてくれるほど素直な男ではない。

数秒後、鏡は青白く発光し見慣れた部屋を映した。

しかしジェラールの姿は見たらない。

——でも、会話をするつもりはあるんだとわかっただけいいか。

エルネは扉に背を預けて、手鏡を見つめながら話す。今までずっと隠していたことを包み隠さず明かすことにした。

「私はクラルヴァインの第二王女として生まれましたが、髪色が黒いという理由で母から魔女の生まれ変わりだと蔑まれ、離宮に幽閉されて育ちました。もちろん魔女ではないので魔法なんて使えません。でも物心がついた頃から私は王家の一員として扱われず、表向きは病弱な王女として王宮の一室にいることになってました」

国内で噂されているわがままな末っ子の王女は、幽閉を隠したい家族が勝手に作ったイメージでしかない。そしてその噂を利用してエルネの名を騙っているのが双子の姉、フローナだ。

「本当の私は病弱じゃないんです。でもそうすると私も公の場に出なくてはいけない。家族と髪色の違う私が社交界に出たら注目を浴びますし、黒髪という理由だけで離宮に幽閉している両親も評判を落とすことになる。でも私は王宮に住みたいとも思いませんでした。幽閉されて寂しくないと言えば嘘になるけれど、ひとり遊びは好きだったので苦でもなかったです。それである日、離宮の一室からこの手鏡を見つけたんです」

この手鏡は自分と最も相性が良く、魂が惹かれ合う相手と話すことができるというもの。

「お守り代わりに持っていて、まさか本当になにかが起こるなんて思っていなかったから、ジェラール様から声をかけられたときはびっくりしました。でもうれしかったんです。私を同情することも蔑むこともなく、不思議な鏡の精として扱ってもらえて……ジェラール様が私にいろいろ見せたり話を聞かせてくれたことがすごくうれしかった。そんなの今までされたことがなかったから」

魔女ではなく、鏡の精だと言われたことがエルネの心を軽くしてくれた。

限られた場所にしか行けず、自由を制限された環境の中でジェラールがくれたものはとても大きい。

だが、もうエルネを信用できないと言われたらそこまでだ。一度壊れた信頼を簡単には修復できない。

――ああ、嫌だな。嫌われたままでいるのは。

苦しさがこみ上げる。けれど自分で蒔《ま》いた種なのだ。自分自身で責任を取らなくてはいけない。

「もし私が嫌いになったのならクラルヴァインに帰ります。私の悪女の噂は全部双子の姉のフローナが私の名を騙ってやったことなので、私とは関係がありません。もし彼女の方が好みならフローナと婚約を……」

自分で言いながら胸の奥がズキンッと痛んだ。

嘘だ。そんなことは望んでいない。

エルネの目がじわりと潤み、頬を伝う寸前。

【ふざけるな】

鏡の中からジェラールの冷たい怒声が届いた。

背を預けていた扉が開錠され、背後からエルネの肩に手が回る。

あっという間に鏡の間に引きずり込まれた。後ろから身体を拘束されて身動きがとれない。

「え……ジェラ……ッ」

「ジェラール様？」

「なんだ今の話は。虫唾《むしず》が走るどころじゃないぞ。何故お前は怒らない」

——おま、お前……？

今まであなたと言われていたが、それはジェラールなりの遠慮があったのだろうか。

だが他人行儀な呼び方よりも距離が縮まった気がする。それに彼は傲慢《ごうまん》な口調の方がしっくりくる。

「他人の都合に振り回され続ける人生でいいと諦めているのか。黙って話を聞いていたらなにひとつエルネは悪くないだろう。百歩譲って離宮に幽閉は咎めないでやる。そのおかげで鏡を見つけたんだからな。だがエルネを性悪の姉と交換だと？　冗談でも許さんぞ。誰がそんなことを望むと思っているんだ」

「だって、私の悪評を聞いて興味を持ったんですよね？　調教のし甲斐があるって最初にジェラール様が仰ってたじゃないですか。わがままな王女を屈服させたかったならフローナの方がお似合いです！　私はそんなに我が強くないもの」

「鍵破りをしている時点で十分強いだろうが。確かに私はつまらん令嬢に興味はない。だが噂通りの性悪女にはもっと興味がない」

「え……何故ですか？」

エルネがきょとんとし、背後のジェラールを見上げる。苛立ちを隠そうともしない表情もまた絵になる男だ。

「さっき好きだと言ったのを忘れたのか」

――奪った心を返せとしか言われてないですが？

あれが彼なりの告白だったのだろうか。わかりづらすぎる。

「そもそも好きでもない女に触れたいとも思わないぞ。今さら私から逃げようとするなよ。手放せるはずがないだろう」

「……ジェラール様の方こそ私から逃げていたくせに」

自主的に謹慎をしていたのも結局はエルネと会いたくなかったからだ。

だんだんとエルネも遠慮がなくなってきた。

今さら取り繕う必要もないだろう。

「本当は好きなんかじゃなくて、私のことは暇つぶし程度の玩具くらいにしか思っていないんじゃないですか。きっと手放すのが惜しくなってるだけですよ。何日も会えなくても平気なんでしょう？　私はずっとあなたに嫌われたらどうしようって、苦しかったのに」

こんなことが言いたいわけではないのに、詰る言葉が止まらない。

思い返せば今まで誰かに怒りをぶつけたことがほとんどなかった。行き場のない感情が溢れて止まらなくなる。

「こんなの、まるで私だけが好きみたい。あんな恥ずかしいことまでしたのに……いくら私が世間知らずだって知ってます。ああいうのは〝ヤリ逃げ〟って言うんでしょ！」

「はあ？　ヤリ逃げだと？　最後までしていなければ一度だけで済ますはずがないだろう！」

「きゃあっ！」

つま先が宙を蹴った。部屋の中央に置かれている長椅子に押し倒される。

真上から至近距離で顔を覗かれると、その顔面の強さに息を呑んだ。なんでも彼の言う通りに頷きたくなる力がある。

――ズルいズルい！　結局は私もジェラール様の顔が好きだもの！

たとえジェラールが望んだとしても、彼の隣をフローナに譲りたくない。男はみんな引き立て役程度にしか思っていないような姉に居場所を奪われたくないのだ。

――顔だけじゃない。ジェラール様の全部が好きなのに……！

だが彼から好かれる要素がどこにあったのかわからない。

そもそもエルネを好きなら逃げないのではないか。

目がふたたびじわりと潤みだす。感情の落差が激しくて情緒もおかしい。

そんなエルネをジェラールはじっと見つめている。瞬きひとつしていない。

「エルネ。泣いたら襲うぞ」

「えっ⁉」

予想外の発言に肩がビクッと震えた。

「泣かなくても襲うが」

「なんで！」

びっくりしすぎて涙が引っ込んでしまった。が、引っ込みきれなかった涙がポロリと零れて頬を伝う。

――あ！

その雫をジェラールの指がすくい上げて、舌でぺろりと舐めた。その仕草も情欲を灯した視線の強さもドキッとするほど色っぽい。

「じぇ、ジェラール様……」

「つまり私たちは両想いだ。異論はないな？」

ジェラールの不埒な手がエルネのドレスを脱がしにかかる。肌が徐々に露《あら》わにされるにつれて、エルネは必死に思考を回転させる。

「あります！　私はまだ、ジェラール様の本心をちゃんと聞いてないです！　なんで五日も逃げていたとか、なんで私を好きなのかとか」

うやむやになんかさせないと言うと、ジェラールは少々バツの悪い顔をした。

スッと視線を逸らされる。

「……情けなくなったんだ。鏡に閉じ込められている存在だと思っていたから、散々愚痴も言ったし本心を曝《さら》け出《だ》せていた。まさか鏡の精の正体は私より八つも年下で、他国の大人びた少女に慰められていたなど思わないだろう」

気持ちの整理をつけるために自主的に引きこもっていたらしい。

「エルネが悪いんじゃない。裏切られたという感情もない。ただ自分が情けなくて合わせる顔がなかった。未だかつて、これほどまでに混乱したことなど一度もないぞ。自分の感情がどこを向いているのかわからなくてぐちゃぐちゃになることも」

――そ、そんなに？

ジェラールが盛大な溜息を吐いた。すごく悩んでいたことが伝わってくる。

「私にとって鏡の精はマルタンとは違った意味で気が許せる相手だった。身分など関係なく気楽に話せる相手は貴重だ。半ば本気で鏡の精が女だったらいいと思っていた。呪いの鏡に閉じ込められているなら鏡を壊してでも引きずり出してやろうかと」

「ひぇ……」

小さく悲鳴が漏れてしまったがエルネは悪くないはずだ。そんな思惑があったなどまったく気づかなかった。

「それは私が……いえ、鏡の精が好ましかったってことですか？　恋愛的な意味で」

「そういうことになるな。結婚するなら鏡の精のように気を許せる相手がいいと思っていた。まさかエルネだとは夢にも思わなかったが……いや、普通気づけるはずがないだろう」

その通りだ。エルネの良心がチクチク痛む。

最初からエルネとジェラールとの関係性は公平ではなかった。

「すみません、はじめから私がちゃんと正体を明かしていたらよかったんですよね。私の手鏡からはジェラール様の顔はきちんと写っていたのに、この姿見には私の姿は写っていませんから。私はジェラール様の姿も性格も長年知っていたから安心感もありましたけど、逆だったら不安だったかもしれません」

五日で気持ちの整理をするのは早い方なのかもしれない。

「私は一生幽閉されたままだと思っていたから気持ちに蓋をしてきましたが、本当はずっと前からわかっていたんです。ジェラール様が私の初恋なんだって」

なんの運命か因果かわからないが、こうして彼に選ばれて婚約した幸運を手放したくはない。

「私は最初からエルネが好ましかった。この艶やかで神秘的な髪も深い青の目も、そして私の顔を見ても正気を保つ胆力も。前向きで好奇心旺盛で、まるで見るものがすべて新鮮に映るような眼差しは見ていて飽きない。なんでもうまそうに食す姿は手ずから餌付けをしたくなるし、私が知らない新しい表情をたくさん引き出したくなった」

そんな風に思われていたなんて知らなかった。エルネの頬が赤く火照る。

「クラルヴァインでの生活を聞いて納得がいった。はじめて体験することなら当然の反応だな。私はこれからたくさんエルネを甘やかすつもりだ。見たことのない場所に行き、食べたことのないものを食べさせる。これからエルネが味わうすべての初体験は私と一緒だ」

ジェラールがエルネの黒い髪をひと房手に取った。そのまま口許へ運ばれる。

「……っ！」

両親から忌避された髪に口づけられた。

そんなささやかな行為だけでエルネの胸がいっぱいになった。

「……怖くないですか。私の髪、魔女みたいって思いませんか」

「何故怖がる必要がある。こんなにも美しい髪を他には知らんぞ」

涙腺が緩んで涙が止まらなくなった。

ギーゼラとアロイスがエルネの髪は美しいと慰めてくれることはあっても、それは身内の欲目や同情からくるもので信じ切れずにいた。本当は少し怖いと思われていても仕方ないと思っていたのだ。

――もう無理。手放せないのは私の方だわ。

ジェラールの傍にいたい。これから味わうすべてのはじめては彼と一緒がいい。

今まで誰かの前で泣いたことなどなかったのに、彼の前だけでは泣き虫になってしまう。この間は悲しくて泣いたが、今はうれし泣きだ。

「……っく」

感情が揺れ動いたときに涙が出ることもはじめて知った。

「エルネ、そんなに泣いたら犯したくなる」

「……台詞が酷いです」

極上の顔で騙されそうになるが、ジェラールの本質はこうだった。意地悪で欲望に忠実で、ずるいほど魅力的。

「私が嫌いか？」

顎の下に指をかけられた。顔を固定されたままジェラールと視線が交わう。

隠しきれない機嫌の良さが伝わってきた。

緩やかに弧を描く唇に視線が吸い寄せられる。

「～～好きだから困ります！　きっとなにをされても嫌いになれない」

「それは光栄だ。私もエルネにねだられたらなんでもほいほい与えたくなる」

鮮やかな手つきで肌が暴かれていく。顔中にキスの嵐が降り注ぐが肝心の唇には触れてくれない。

ようやく唇に触れられたとき、エルネの心が歓喜で震えた。ついばむようなキスをされるだけで胸がぽかぽかと温まっていく。

キスが気持ちいい。このまま優しい温もりに包まれていたい。

……だが、なにやら様子がおかしい。

「ジェラール様……？　ちょっ、待って！　どこに入って……！」

ドレスの中に潜られた。いつの間にか大胆に胸も露出している。

ちらりと横に視線を向けると、普通の鏡に戻った姿見が目についた。鏡の表面に布をかけるのを忘れているようだ。バッチリとふたりの姿を映している。

「……ッ！」

鏡の前でなんて破廉恥なことをしているのだろう。エルネの顔はますます真っ赤に熟れた。

「こんなとこでダメです、鏡に映ってるから……！」

「それはいいな。しっかり目に焼き付けないと」

「ひゃあっ」

エルネの脚を大胆に広げ、下着越しに花芽に吸い付かれた。

ドレスの中でなにをされているのかはわからなくて、余計に感度が上がってしまう。

——あぁ、ダメ、そんなにグリグリされたらぁ……！

舌と指で交互に刺激される。もはや下着は愛液でぐっしょりと濡れているだろう。

下腹の収縮が止まらない。胎内に熱がこもっていく。

鏡に映る表情は完全に発情していた。そんな自分の顔を見たくなくて、羞恥心がさらにエルネの感度と体温を上げていく。

「これはもう役目を果たしていないな」

両側の腰で結ばれている紐《ひも》が解かれた。ジェラールの手に下着が渡る。

ドレスの下から這《は》い出《で》たジェラールはエルネの下着を見せつけた。

「ほらエルネ、こんなにびしゃびしゃだ」

「……ッ！　ちょっと、ヤダ！　捨ててくださいっ」

「エルネの味がする」

脱いだ下着に口づけるなんてどうかしている。エルネは早くも眩暈がしそうだ。

——こんな昼間から淫らすぎる……ダメだわ、ちゃんと話し合ったことをマルタン様と国王陛下に報告しないと……！

床に落とされた下着へ視線を向ける。

中途半端に脱がされたドレスにも皺がつきそうだ。

「ジェラール様、その下着は差し上げるので今は謹慎をですね……」

「エルネ、私は気が短い」

――急にそんな欠点を仰られても。

妖しく微笑む姿が心臓に悪い。シャツの首元を緩めて素肌を露わにされると余計鼓動が速まっていく。

「あの、ちょっと、まだ昼間なのでこんな不埒なことは……ンンッ！」

「気持ちが通じた後にまだそんなことを言う余裕があるとは。エルネ、常識は捨てろ」

胸を弄られ頂をしゃぶられながら言われても、常識は捨てられそうにない。

――抵抗しなきゃって思うのに、気持ちよくて無理……！

頭がうまく回らない。身体から力が抜けて、ジェラールに触れられるだけで神経が集中してしまう。

エルネの柔らかな胸の果実を丹念に愛撫され、淫らで熟れた実にされてしまった。唾液でテラテラと濡れた頂が卑猥に映る。

「せ、せめて鏡……鏡を隠してください……！」

「何故？　私たちが知り合うきっかけになった貴重な鏡だ。身も心も繋がる瞬間を見守ってもらえばいい」

――そんな性癖、私にはないんですが！

胸も首筋も散々愛撫されて、エルネの身体はグズグズに溶けていく。

とめどなく蜜を零す泥濘《でいねい》はジェラールの指をすんなり飲み込んでいた。まだここに指を飲み込んで二回目だというのに、エルネの身体は随分覚えがいいようだ。

「あっという間に三本も。エルネの身体は素直で愛らしい」

「ン、ぁ……ッ！」

入口の浅いところを擦られると、脳天にまで痺れが走った。

そのままジェラールの親指で花芽まで刺激され、エルネはすぐに高みへと上り詰めてしまった。

「あぁ――……ッ！」

なにかが目の前でパンッ！　と弾け、視界が真っ白に染まった。

腰が跳ねる。四肢から力が抜け落ち、身体が重怠い。

荒い呼吸を整える間もなく、ぼんやりしたまま身体の中心に熱い質量を感じた。

「エルネ、私の愛を受け止めろ」

「……ふえ？　あ……、ンンーッ！」

ぐぷり、とつるりとした先端がめり込み、エルネの隘路《あいろ》を拓《ひら》いていく。

指とは比べ物にならない質量がエルネの中を押し進む。

「熱い……アァ……ッ」

「エルネ……」

艶っぽい声がエルネの鼓膜を震わせた。

目を開けた先に凄絶な色香を放つジェラールがいる。彼のネオンブルーの瞳には劣情が浮かび、真っすぐにエルネを射貫《いぬ》くように見つめていた。

──うれしい……この美しい人が私だけを見ている。

ほしくてたまらないのだと全身で訴えているかのよう。

彼の額にじんわりと汗が浮かび、なにかを耐えながらエルネの様子を窺っていた。

「ああ、善すぎてたまらない。ゆっくり進めたいところだが、焦らした方が苦しいだろう。一思いに行くぞ」

「え」

まだ心の準備が！　と叫びそうになった瞬間、最奥に衝撃が走った。

「ンンァーーッ！」

どちゅん、と肉を打つ音が鳴った。

結合部はドレスに隠されていてわからないが、紛れもなくジェラールと繋がっている。

──入ってる……お腹の中に、ジェラール様が……。

破瓜《はか》の痛みより内臓を押し上げる苦しさが辛い。左脚を持ちあげられたまま身体を貫かれている。

室内にふたりの呼吸が満ちる。互いの吐息の熱さを感じたまま、自然とキスをした。舌を絡ませた深いキスが熱くて気持ちいい。上からも下からも、体温を分かち合っている。卑猥な水音が下肢から聞こえるが、ジェラールはエルネが苦しまないようにじっと動かずにいてくれた。

「身体はどうだ。辛いか？」

そっと頰を撫でてくれる手つきが優しい。エルネが喋ろうとすると唇にキスをするため、なかなかエルネは話せない。

「も、もう、ジェラール様っ」

「なんだ」

チュッ、とリップ音が響く。下唇に吸い付くようにキスをされた。キスのたびにエルネの身体からも余計な強張《こわば》りが溶けていくようだ。

「これじゃあ話せない……」

「エルネが可愛すぎて、その声だけで達しそうになる」

「達し……？　繫がったら終わりなのでは？」

ジェラールの笑みが強張った。無知の威力は凄まじい。

「……なるほど、お預けという高度な仕返しなら最も私に有効だ。残酷なまでに」

「え？　あの？」

「まあ、純真無垢《じゅんしんむく》な乙女を私好みに染めていく楽しみは悪くない」

——あ、笑顔が黒くなった！

ジェラールが繋がったままエルネを抱き起こす。より深く彼の雄を咥《くわ》えこみ、エルネは苦しさのあまり喘いだ。

「やぁ、アァ……ン！」

——ふか、い……ッ！

ゴリッと最奥にめり込んでいるようだ。

目の前がチカチカと点滅し、圧迫感が凄まじい。

「せっかくだ、鏡の前に移動しようか」

なにがせっかくなのだ。理解が追い付かない。

エルネはプルプルと首を左右に振るが、上機嫌なジェラールは一旦繋がりを解き、エルネを抱き上げ移動する。そして姿見の前のラグにエルネを下ろし、四つん這いにさせた。

「一体なにを……あ、アァッ！」

グプン、とふたたび蜜壺にジェラールの楔《くさび》が挿入された。背後から貫かれ、エルネの中からぞわぞわとした快楽がせりあがってくる。

——さっきとは違うところに当たって……！

苦しいのに気持ちいい。先ほどからずっと、経験したことのない快楽に襲われそうになる。

「ほら、エルネ。鏡を見るんだ。とてもいやらしくて素敵に映ってるだろう？　誰と交わっているのか、はっきり認識できるな」

「やぁ、恥ずかしいです……！」

羞恥心が昂《たかぶ》るとエルネの中が収縮した。ジェラールが苦しげに息を漏らす。

「グ……ッ、すごい締め付けだ。エルネは恥ずかしいことが好きなんだな」

「そんな、ちが……！」

パチュン！　とふたたび水音が奏でられた。

腰を打ち付けられて、エルネの目の前に火花が散る。

――やあ、激しい……！

鏡に映る自分の姿がいやらしい。プルプルと胸が揺れてる光景も淫らだ。口の端からは飲みきれていない唾液が垂れている。

熱に浮かされたように目は蕩け、顔は熟れた林檎《りんご》のよう。

発情した姿を見せつけられながらジェラールと交わっている。その背徳的な行為がエルネの感度をさらに高めて、彼の精を搾り取ろうとした。

「……ッ！　まったく、エルネはそんなにも私がほしいのか」

後から覆いかぶさられるようにして、胸の飾りをギュッと摘まれた。

「アァ……ッ!」

「私も早くエルネの可愛いところを満たしたい。だが、すぐに孕んでしまったら楽しめないな。もっとふたりきりの時間を味わいたいと思わないか」

概ね同意だが、それ以前にまだ婚約の段階だ。

結婚をしていないのに、早々に身籠ってしまうのは外聞が悪い。

「赤ちゃん、ダメ……まだ、ダメです……っ」

「ああ、わかっている。いずれはほしいが、しばらくは私だけがエルネを独占したい」

微妙にかみ合っていないが、エルネは頷いた。避妊をしてくれるならそれでいい。

——鏡に映るジェラール様も色っぽい……。

彼も自分も発情している。互いがほしくてたまらない顔だ。

こんな色香に満ちた顔をさせているのが自分なのだと思うと、エルネの心に言いようのない感情がこみ上げた。

うれしい。もっと彼の知らない一面が見たい。自分だけに見せてほしい。

荒い呼吸もいつになく余裕のない顔も。すべてが愛《いと》おしくてたまらない。

「エルネ……、グ……ッ」

ジェラールが達する寸前、エルネの中から彼の分身が抜けた。

濃厚な白濁は彼の手に吐き出された。

「ン……はぁ……っ」

身体を支えていた腕が辛い。エルネはラグの上に倒れこんだ。

呼吸を整えながらジェラールの様子を窺う。彼の手には見覚えのある布切れがあった。

「……いつの間に私の下着を……」

「ああ、さっき拾っておいたんだが、ちょうどよかった」

白濁塗れの下着を見て、エルネの頬は引きつった。はじめから愛液で汚れていたとはいえ、なんとも言えない心地になる。

先ほど彼にあげると言ったため、もう下着の所有権は自分にはないのだが……。

「それ、誰が洗うのですか。まさか使用人ではないですよね……？」

「他の者に任せられないだろう。私が綺麗に洗って記念に保存しておく」

「記念？　なんの？　いえ、なんかすごく嫌です！　早く捨ててください」

「嫌だ。捨てたら誰かが拾うかもしれないだろう。ちゃんと手元に置いておくしかない」

拾われる可能性なんて言われたら気軽にゴミを捨てられなくなる。エルネは口をパクパクと開閉させた。

「そうだ。今夜からはふたりの寝室に戻るぞ」

「え？」

「今夜も覚悟しておくように」

「んん……ッ！」

クイッと顎を持ちあげられてキスをされた。エルネの舌を絡めて吸い取り、頭が蜂蜜漬けになったかのように甘く蕩けてしまう。

ジェラールの寝室で簡単に身体を清めドレスを着せられるが、エルネは羞恥に耐えながら彼の手に任せたのだった。

第七章

実りの秋を祝う豊穣《ほうじょう》祭の翌日に、ルヴェリエ国の王太子とクラルヴァイン国の第二王女の結婚式が執り行われることになった。

婚約してから約半年後の結婚は王侯貴族の中でも異例の早さで、王女の懐妊疑惑が噂されたがあくまでも噂に過ぎない。ただ溺愛する婚約者と名実ともに早く結ばれたいという惚気がジェラールから呟かれたとかいないとか。

——本当に異例の早さよね……国王陛下の意向も強いって聞いたけれど、それほど心労がかかっていたのかしら。

エルネは手元の手鏡を眺めながらこれまでの数か月間を振り返る。

ふたりが心も身体も結ばれた後、ジェラールは被り物をすべて封印した。

だが完全に素顔を晒されると周囲の精神的な負荷が大きいそうだ。

ジェラールの顔に見惚れて議会も進まず、心ここにあらずな状態が続く者が続出すると国王に嘆かれたため、ジェラールは渋々色付きの眼鏡を着用し、段階を経て素顔を晒すことにしたのだ。

それから凄まじい勢いで、奇人変人と言われていたルヴェリエ国の王太子は傾国とも呼べるほどの魔性の美男子だったという噂が周辺国にまで流れたらしい。素顔を封印していたのは執務と生活に支障が出るからという理由も添えて。

そんな噂が流れた直後、急にフローナから手紙が届いたときには笑ってしまった。一体なにが書かれていたのかは確認していない。

検閲が入ることも考慮して当たり障りのない近況報告になっているだろうが、相当な怒りと嫌味《いやみ》が込められていたに違いない。

「はぁ、気が重いわ……これからフローナと面会だなんて。お兄様だけがお祝いに来てくれたらいいのに……」

クラルヴァインの王女が結婚するというのに、自国から誰も結婚式に参列しないわけにはいかない。王妃は体調不良を理由に欠席となったため、王太子のアロイスと第一王女のフロレンティーナが参列することになった。

ふたりは護衛と共に結婚式の五日前の昨日ルヴェリエに入国し、今日はこれから兄妹水入らずのお茶会が開催される。

アロイスと会えるのは純粋にうれしいが、フローナから嫉妬と怒りを向けられるのは気が重い。

「頑張ってください、エルネ様。ジェラール殿下もお傍についていますのでおひとりではありませんわ。もちろん私もマルタン様も見守っていますので」

「ありがとう、ギーゼラ」

鏡台の前で髪の毛を丁寧に梳かれる。エルネの髪はルヴェリエに来た頃より艶が増していた。肌の輝きも増して身体つきもより女性的になった。主に胸元が。

「エルネ様はたっぷりと着飾って、美しく微笑むだけで勝利ですわ」

ギーゼラは気合いを入れてエルネの髪を丁寧に結った。真っすぐな髪はふんわりと編み込んでハーフアップにしている。

ジェラールから贈られた真珠の髪飾りをつけてもらった。

海に面しているルヴェリエには真珠の産地があり、周辺国へ高値で売れる名産品だ。

エルネの髪飾りにつけられている真珠は青みがかっている。珍しい色合いの真珠は滅多に他国に輸出されない貴重な代物である。

――ものすごくフローナに見られそうだわ。

あわよくば自分もと思うか、エルネから貰い受けようとするかもしれない。譲らなければ言葉巧みに強奪する可能性もあるし、部屋に押し入りエルネの私物を漁《あさ》る可能性もゼロではない。警備は厳重にしてもらうつもりだ。

「準備ができたようだな」

「ジェラール様」

黒を基調とした彼の衣装は決して華やかではないのに、元々備わっている美貌が華やかすぎて彼をよく引き立てている。

「ジェラール様が黒をお召しになるなんて珍しいですね。とてもお似合いです」

「私はなにを着ても似合ってしまうからな」

謙遜など一切しない発言がジェラールらしい。エルネもクスクス笑う。

「それに黒はエルネの色だろう。私がどれほどエルネを好きか、全身で表現するのもまた一興だな」

「ええ？」

黒い髪を忌み嫌い、魔女だと蔑んでいたフローナの前に全身黒で現れるとは……。

「つまり殿下は喧嘩を売りに行くんですよ、エルネ様」

マルタンが解説した。

エルネも「やっぱり」と心の中で苦笑する。

「もちろん私も止めませんよ。むしろ積極的に応援しております」

にこにこと毒気のない顔でマルタンが笑うが、その目の奥は笑っていない。

——意外と血の気が多い方だったのかしら……？

あのジェラールの側近を長年務めているだけある。ただの穏やかで常識的な男ではなかったらしい。

「さて、私たちがいかに仲睦《なかむつ》まじいかを見せつけてやるか。エルネは一歩以上私の傍から離れないように」

「一歩以上⁉」

ギュッと手を繋がれる。その手の力強さが頼もしいが、こんな状態で兄姉の前に姿を現すのは気恥ずかしい。

――肩や腰を抱かれているわけじゃないし、いいか。

そう思っていたのだが、アロイスたちが待つサロンに到着する頃にはエルネの腰はしっかりジェラールに抱き寄せられていた。

アロイスは僅かに目を瞠《みは》り、フローナは可憐な笑顔のまま固まった。

「長旅は疲れただろう。昨日は疲れを癒せただろうか」

簡単な挨拶を交わした後、ジェラールは愛想のよい笑みを振りまいた。

エルネと密着したまま長椅子に腰かけるため、エルネは一歩以上彼から離れられそうにない。

「……ええ、私も妹もゆっくり寛ぐことができました。お心遣いありがとうございます」

アロイスとジェラールは面識があるらしいが、ジェラールの素顔を見たのははじめてのはずだ。アロイスはジェラールに微笑みかけられて一瞬の動揺を見せたが、自我を保ったまま堂々と接している。

「エルネ、久しぶりだね。元気そうで安心したよ」

「お兄様こそお元気そうでなによりです。お変わりないようですね」

「ああ、うん……少々ごたついてはいるが。父上と母上が来られなくて申し訳なかった。私がもう少し強く交渉できたらよかったんだが」

お互い顔を合わせる方が気まずい。エルネは曖昧に首を左右に振った。

ジェラールの顔面に魅了されていたフローナは両親の話題を聞いてようやく放心状態から解けたらしい。

心底残念そうに眉尻を下げて、心優しい可憐な王女を演じる。

「ええ、本当に残念だわ。お父様とお母様もエルネをとっても心配していたのよ？　本当はルヴェリエに呼び戻した方がいいんじゃないかと話していたくらい」

エルネの肩を抱くジェラールの手に力がこもった。きっと表情は変わらないだろうが、機嫌は急降下していそうだ。

「どうして？」

エルネはさらりと問いかける。事情を知らない者が聞けば、娘想いの両親なのだと思いそうだ。

――私が余計なことを言ってクラルヴァインの評判が落とされないかって思っているんじ

やないかしら。余計なことは言うなと口留めはされていたけれど。

「それはもちろん、病弱なエルネが大国の王太子妃になるなんて荷が重いのではと心配するのは家族として当然でしょう？　もちろん私もとても心配だわ。エルネに社交は難しいでしょうし、人前に出ることも大勢の人間に囲まれることも慣れていないものね」

フローナの表情と声は心から心配する姉の顔だ。彼女の本性を知らない者が見たら妹想いだと思うだろう。

――心配なんてされたことはないわね。ルヴェリエの要望に応えたけれど、やっぱり不穏分子の私を手元に置いておかないと不安になったと言われた方が納得がいくわ。

フローナの言い分としては、エルネは病気がちで教養も王族としては不十分。ましてや他国の文化に不慣れで、これから学ぶなど負担が大きい。

反論しようと口を開くよりも前に、フローナはさらに続ける。

「私たちはエルネからの手紙を毎日待ちわびていたのに、まったく連絡も来なくて寂しかったのよ？　どうして返事をくれなかったの？」

「フローナ、止めなさい」

アロイスが窘めるも、フローナは「たったひとりの妹ですもの。心配するのは姉として当然でしょう？」とアロイスを巻き込んだ。心配するのは当然で、しない方が薄情なのだと告げているも同然である。

エルネは室内にいる他の人に意識を向けた。

事情を把握しているギーゼラとマルタン以外にも給仕係や護衛騎士が数人いる。ルヴェリエの使用人に余計な噂を聞かせたくない。

――よくもまあ、口が回ること。自分の評判を落とさずに相手を陥れようとするなんて、本当に性格が悪いわね……。

そもそも性格がよければ、「他人の幸せが妬ましい」など口が裂けても言わないだろう。つまりエルネは妬まれているのだ。

手紙を出すつもりはまったくなかったため考えてもいなかったが、配達事故を装えばルヴェリエの評判を落とす。忙しさのあまり出せなかったとしたらエルネが薄情だと思われる。最近までフローナからも一通も来ていなかったが、ジェラールの素顔が明かされてから数通届いていた。

――まさかこんな嫌味を言うために出していたわけ？　ほんっと無駄な労力じゃない？

ジェラールに肩を抱かれたまま、エルネはフローナに微笑んでみせた。

「心配してくれてうれしいわ。ありがとう、フローナ。手紙のことはごめんなさい。毎日学ぶことが多くて、しかもこんな急に結婚式を迎えることになったから余裕がなかったの。ジェラール様が一日も早く結婚したいって急ぐから……」

ちらりとジェラールを見上げる。彼は極上の笑みで頷いた。

「愛しい婚約者をさっさと妻にしないと不安で仕方ない。うかうかしていたらこうしてエルネの家族に連れ戻されてしまうかもしれないからな」

「っ！」

ジェラールがエルネの額にキスをした。フローナはまだしも、兄の前でキスをされるなんて……エルネの顔に熱が集まる。

「まあ、エルネは愛されているようなのね。羨ましいわ」

幸せを見せつけられればフローナの妬みが刺激される。エルネの背筋にぞくっとしたものが走った。

「……本当によかったわね、エルネ。ジェラール殿下のお心が広くて」

不名誉な噂が流れている第二王女も快く引き受けてくれるなんて、と笑顔の裏で告げていた。

「いいや、私の心はとても狭い。エルネが絡むと余計狭量になるらしい。彼女が負った心の傷を考えると、どう報復してやろうかとつい考えこんでしまう」

ジェラールはわざとらしく溜息を吐いた。エルネの顔に焦りが浮かぶ。

「心の傷？」

フローナの青い目がエルネを射貫く。心配するように器用に眉を下げているが、視線の強さが隠しきれていない。

「どうもクラルヴァインでは彼女の黒い髪を非難する声があったらしい。こんなにも美しい髪を、一部の人間は魔女のようだと蔑んでいたとか。我が国では黒色は高貴な色だが、クラルヴァインでは忌み嫌うようだな？」

「いや、我が国も黒色をそのように扱う風習はない」

アロイスが否定した。確かに黒髪を忌み嫌っているのは王妃と王妃の言いなりの国王、そしてフローナだけだ。

「そうですわ、殿下。同じ双子なのに髪色がこうも違うなんてと差別されることはあったけれど、仕方がないことだと思うわ。家族の中でエルネだけが黒いんですもの」

「ほう、髪色が異なるだけで離宮に幽閉するのを仕方がないの一言で済ますのか。もし逆の立場だったらあなたが幽閉されていたというのに」

「まあ、なにを仰るの？」

「ああ、わかりづらかったか。あなたがその立場でいられるのは第一王女だからではない。単純に王妃と同じ髪色だったからが正しいか」

「え？」

エルネは思わずジェラールを仰ぎ見る。一体彼はなんの話をしているのだろう。

——まさか私が知らない事情を知ってるの？

「貴国には魔女の逸話が数多く残っているな。その魔女の末裔《まつえい》が王妃だというのは知ってい

たか」

「なんですの、急に。そんな話、聞いたこともありませんわ」

フローナが柳眉を顰めた。

エルネも初耳だ。だがジェラールがデタラメを言うとも思えない。

「王妃は魔女を恐れている。魔女の生まれ変わりを信じるほどに。王妃がエルネを遠ざけたのは彼女がわかりやすく異質だったからだ。魔女と同じ髪色を継承する王妃は自分自身をも恐れていたのだろう。だが王妃という座を守るためにも魔女の子孫という事実は隠したい。ならば異質な黒髪で生まれたエルネを身代わりにし、同じ髪色の第一王女を安全の証《あかし》として手元に置く。本当は魔女の素質を受け継いでいるのは……どっちだろうな？」

「……っ！　デタラメよ！　そんなの言いがかりだわ。名誉棄損よ！」

「ほう、それはエルネにとっても同じことが言えるな。クラルヴァインの王家はこれまでエルネの人権を無視し、いないものとして扱ってきた。すべての裏付けはしっかり取れているぞ」

いつの間にかエルネの幽閉の事実をまとめていたらしい。

そっとアロイスを窺うと視線だけで頷かれた。エルネの不当な扱いについて、彼が協力したようだ。

——お母様が魔女の末裔だなんて話は本当なのかしら。

王妃の話はジェラールが作り出したデタラメかもしれない。エルネが味わった苦痛の意趣返しのために。

――でもお母様があんなにも怯えていたのはもしかして……？

彼女は自分自身に怯えていたのではないか。異質な血を引いていることを気に病んでいる可能性は十分あり得る。

魔女という存在がなんなのかはわからないが、人とは異なる不思議な力を操る者なのだろう。昔話では呪いをかけると言われているが、本当に呪いが存在するのだろうか。

「あなたはエルネが幸せそうなのを羨んでいるようだが、他人の幸せを妬む前に己の行動を顧みたらどうだ？　私は醜い豚に興味はない」

「豚……この私を豚ですって？」

「泥棒猫の方が適切か？　第一王女に恋人を自慢した令嬢が後に破局した回数は何回だったか、マルタン」

「調書によると八回ですが、これはほんの一部でしょうね」

「少なくとも八人、あなたの暇つぶしで幸せを壊されている。奪われた令嬢は多少なりとも恨みを抱くものだと思うが、不思議なことに誰ひとりとして破局した恋人たちはあなたを恨んでいないらしい。何故だろうな？」

なにか理屈では通じない力があるのかもしれない。

——まさかと思うけど、自然と他者を魅了して誰もが彼女に好意的に接するなにかがフローナにあるとか？

そのような異能が彼女にあるとしたら、恋人を奪っても恨まれない理由に納得がいく。

そして似たような特異体質はジェラールにも通じるのではないか。

「……当然でしょう？　逆恨みをされては困るわ。運命だなんて言ってもそんなに脆《もろ》い絆なら、お互いが運命の相手ではなかったのよ。むしろ感謝してほしいくらいだわ。私のおかげで不幸せな結婚をしなくて済んだのですから」

フローナの顔にはまるで罪悪感が浮かんでいない。ゾッとするほど美しく微笑んでいる。

その異様な空気にエルネの心臓がギュッとした。アロイスの顔面も蒼白である。

——お兄様はここまでフローナの毒にあてられたことがなかったから、びっくりするのも当然だわ。

すっかり温《ぬる》くなったお茶を飲む気もしない。

エルネがドレスをギュッと握っていると、ジェラールに手を取られた。彼の手の温もりがエルネの緊張を解いていく。

「私はおとぎ話に興味はないが、あなたのような性根の悪い女を魔女と呼ぶんだろうな」

その瞬間、フローナの顔から笑顔が消えた。

「なによ……なんなのよ。魔女は私じゃなくてエルネでしょう⁉　こんな忌々しい黒髪は魔女の証だってお母様がいつも言っていたもの！　私じゃないわ！」

フローナがカップを摑み、冷めた紅茶をエルネに向けて勢いよくかけた。

「……ッ！」

咄嗟に目を瞑るが、エルネの顔やドレスは濡れた気配がない。代わりに隣にいるジェラールが濡れていた。

「ジェラール様！」

慌てるエルネにジェラールは笑った。途端に理解する。

――あ、今のはわざとだわ。

フローナを怒らせるように仕向けた。圧倒的に不利な立場にさせるために。

「私の愛しい婚約者に危害を加えるような女を神聖な結婚式に参列させるわけにはいかない。国へお帰り願おう。それと、生きている間にルヴェリエの地を踏むことを禁ずる」

濡れた前髪をかきあげる仕草は色っぽいが、発言内容は過激だ。実質上の入国禁止である。

「ちょっと、離しなさい。私を誰だと思っているの!?　お兄様もなんとか言ってよ！」

マルタンが外で待機していた騎士を室内に呼び込んだようだ。ふたりがかりでフローナの両腕を拘束している。

「お前は頭を冷やすべきだよ、フロレンティーナ。今までしてきた自分の行いを振り返り反省しなさい。明日ひとりでクラルヴァインに帰るように。それまでは部屋に軟禁とする。

……他にもなにかあればどうぞ、ジェラール殿下」

「とりあえずはいいだろう。エルネが味わってきた精神的苦痛への賠償については別途要求させてもらうが」

「ええ、構いません。エルネの気が済むように」

なにもいらないとは言えない空気になってしまった。

エルネは内心困ったと思いつつ、フローナに視線を移した。

騎士がフローナを部屋の外へ連れ出す。丁重に扱っていることがわかるが、フローナにとっては屈辱でしかないだろう。

エルネはフローナの後ろ姿に向けて声をかける。

「フローナ！　……ええと、心配しなくても大丈夫。離宮の住み心地は快適よ。あそこにはあなたが羨んでいた自由があったもの。だからたとえお母様に怒られて幽閉処分になっても気に病むことはないわ」

フローナの表情が蒼白になった。

「……ッ！　いやあああー！」

以前離宮への幽閉を「惨めすぎて泣き叫んじゃう」と言っていた通りに叫びだした。冷静に考えれば国中が認知している王女を幽閉なんてできるはずがないのだが。

「慰めたのに」

扉が閉まった直後、エルネが残念そうに呟いた。

隣に座るジェラールが腹を抱えて笑い出す。

「お前の皮肉はなかなか悪くなかったぞ」

「皮肉じゃなくて本心ですが……正直咄嗟に呼び止めたはいいけれど、フローナに言いたいことって特にないなと気づいてしまって。私より神経が図太いし心臓も強そうだから、心配しなくてもずっと元気に過ごしそう」

だから「元気でね。もう会うこともないけれど」と言うのもしっくりこないと思ってしまったのだ。

部屋に静けさが戻ると、アロイスが改めて謝罪した。やはり連れてくるべきではなかったと、げっそりした声で告げている。

「お兄様のせいではないわ。フローナならついてくるだろうと思っていたもの」

ギーゼラがお茶を交換した。ようやく落ち着いて話ができそうだ。

「エルネを祝福するためというのが表向きだが、ジェラール殿下を一目見たかったんだろうな。あなたの噂はクラルヴァインにも届いているので」

絶世の美男子と聞いてエルネを妬んだようだ。厄介者同士がくっつくならお似合いだと思ったのに、美男子だなんて聞いてない！　と。

「さすがに父上もルヴェリエと揉めたと聞いてまで甘い顔はしないはずだ。今まであの子の縁談には慎重になっていたが、これでもう良縁は望めなくなったな。政治の中枢との関わりが薄く王都から遠く離れた地へ嫁がせることになるだろう」

フローナに懸想する貴族の嫡男は後を絶たず、皆彼女の下僕に成り下がる。そのような男がフローナの手綱を握れるはずがない。

辺鄙《へんぴ》な田舎の領地に独身の領主がいるという。二十も離れた年上の男に嫁がせる可能性が高いと聞き、エルネは顔も知らない領主を少々不憫に思った。だが年の近い相手より案外うまくいくかもしれない。

「それでジェラール様、お母様が魔女の末裔だなんてよく調べましたね」

「憶測の域を出ない仮説だがな。王妃の系譜は複雑で抹消された名前もあったから、なにかしら知られたくない理由が隠されていそうだと思い利用させてもらった」

ジェラールがシレッと答えた。やはり確証はないようだ。

――なんでお母様の実家の系譜を確認できたのか気になる……。

きっと独自の入手法があったのだろう。それをアロイスの前で明かすことはない。

「魔女の髪色が銀というのははじめて聞いたな。子供たちの絵本に出てくるのは黒髪が多いが」

アロイスの発言にエルネも頷く。物語に出てくる魔女は髪が黒かった。

「後から印象操作をしたんだろう。魔女に関する本を取り寄せた中に一冊だけ〝月光色に光る髪〟と表現されていた。クラルヴァインにある離宮は魔女を住まわせていたと聞いているが、そこにはなにも残っていなかったのか？」

「古い調度品があったくらいで、過去の記録とかはなにも……」

――あとは手鏡と一緒に残っていたメモがあったくらいかしら。

物語に出てくる魔女は邪悪な存在だが、エルネにとってはそうでもない。不思議な鏡はとても便利で、代償に呪われるわけでもなさそうだ。

――ちょっと人とは違う不思議な力を持っていたとしても、本質は邪悪とは限らないと思うわ。

クラルヴァインの魔女の逸話は様々で、元となった話がどれなのかはわからないほど複雑だが、それでも人を呪い殺した話はなかった。魔女の呪いは存在するように書かれていたが、おとぎ話らしく真実の愛とやらで解けていた。

「魔女なんて関係ないわ。私は怖がるばかりで本質を見誤りたくないもの。本当に怖いのは生きている人間の方よ」

「違いない」

ジェラールが笑う。悪意のある人間の方が厄介だ。

「エルネは逞《たくま》しくなったね」

アロイスの言葉にエルネは深く頷いた。

「ジェラール様の妻になるんだもの。精神的に逞しくないと無理よ」

未だに寝起きにジェラールの顔を見るのは心臓がドッキリする。顔がよすぎて気を抜いたら魂を吸われそうになる感覚は、まさしく魔性の美貌だ。

「三日後の結婚式が楽しみだな、エルネ？」

ジェラールがエルネにクッキーを食べさせた。

彼に手ずから食べさせられると、素朴な甘さがとびっきりおいしく感じられた。

◆◆◆

雲ひとつない秋空の下、ジェラールとエルネの結婚式が執り行われた。

大聖堂に参列する多くの者は純白の花嫁に羨望の眼差しを向け、そして同じく純白の正装姿のジェラールには大きく息を呑む。

厳かな空気の中で失神する者はいないが、神聖な儀式を拝む者、滂沱《ぼうだ》の涙を流す者、苦しそうに心臓を押さえる者が続出した。

もはや花嫁以上に目立つ男には対抗心すらわかない。

――倒れて医務室に運ばれるような状況にさえならなければいいわ。

無事に式を遂行するため、参列者は既婚者のみ。そして一度はジェラールの素顔を見たことがある者のみとしている。

エルネはいつも以上にキラキラが眩しい新郎をそっとベールの下から見上げた。

——本当、いつもの二割……ううん、三割増しでかっこいい。

純白の衣装を身に着けているのに色香がまったく抑えられていない。一体何故だ。

鼻の奥がムズムズするのを堪えながら、エルネはなんとか式をやり遂げた。


舞踏会を早々に切り上げて自室に戻り、丹念に身体を清めた。侍女の手を借りて薔薇《ばら》の香油を肌に塗り、いつも通り王太子夫妻の寝室に向かう。

——毎晩一緒に寝ているから初夜という感じはしないわね……。

はじめて結ばれた日から、ジェラールには毎晩のように求められている。とはいえ最後まで繋がったのは一度きりだが、やりようはいくらでもあるのだ。

「でもさすがにこの格好は恥ずかしいわ……」

太ももの真ん中までしかないネグリジェはエルネの脚が丸見えだ。

軽やかなレースが幾重にも重なって胸の先端を隠してくれるが、胸以外はとんでもなく薄くて肌の色が透けている。

下着もほとんど履いていないのと変わらないくらい面積が少ない。腰の両端で結んだ紐は軽く引っ張るだけで解けてしまうだろう。

風邪をひかないようにガウンは用意されていたが、他の着替えは見当たらない。仕方なく初夜用のネグリジェに身を包んでいるが、今さらジェラールが興奮するとも思えなかった。

――きっとジェラール様は遅くなるわよね。先に寝てようかしら。

なんて思っていたが甘かった。

「お帰り、エルネ」

「っ！　ジェラール様？　なんで！」

主役の王太子がとっくに寝室でエルネを待っていた。どうやって舞踏会を抜け出し、湯浴みまで終わらせたのだろう。

「なんでとは聞き捨てならないな。今夜は愛しい妻との初夜だと言うのに、私を引き留めるような無粋な者がいるはずないだろう？」

――つまり察しろと、笑顔で凄んだんじゃ……。

すべて国王と側近に押し付けてエルネが去った後に自分も会場を去ったのだろう。その光景がありありと浮かんで見える。

「さあ、エルネ。恥じらう姿をもっと見せろ」

「あの、やっぱり今日はお互い疲れてると思うので……って、きゃあ！」

寝台に引きずり込まれた。あっという間にジェラールに押し倒されている。

「疲れていると思うので、なんだ？　まさかお預けを食らわせる気か？　エルネがそんな風に焦らしてくるとは、私の愛が足りなかったようだ」

「焦らしてるわけではなくて……って、なんですかそれ！」

ジェラールの手には黒いレースの布があった。それを折りたたむとちょうど幅は十センチほどだろうか。

そんなものを初夜に用意するなんて……エルネの頭に拘束という単語が浮かぶ。

「まさか私の手足を拘束したいとかそういう……」

「少し違う。エルネが大胆で積極的になれるように手伝ってやろうと思って用意した」

目元に布があてられた。身体を横向きにされて頭の後ろで結ばれる。

「これは一体……」

「目隠しされたらより感度が高まると聞いた」

——どこでそんな余計な情報を……！

ジェラールの声が弾んでいる。柔らかなレースの生地は痛くないが、なにをされるかわからなくていつも以上にドキドキしてきた。

「ガウンを脱がせるぞ」

腰のリボンが解かれる。薄いネグリジェはエルネの控えめな色香を際立たせるもので、いつになく色っぽい。

胸の下のリボンを解けばすぐにエルネの柔らかな双丘が露わになるだろう。胸の飾りは見えそうで見えないのも男の欲望を視覚的に煽《あお》るものだ。

「随分と扇情的なネグリジェを用意されたな。純白のドレスも似合っていたが、同じく白いネグリジェもよく似合う」

「ん……ッ」

ちらりと見えている腹部に触れられた。臍《へそ》のあたりが見えているということは、同じくレースで作られた下着も丸見えになっている。

——毎晩触れられているから、ジェラール様の手つきだけで身体が反応しちゃう……。

彼の体温を感じるとエルネの身体が熱くなる。下腹が収縮し、お腹の疼きが増していく。

「エルネの白い肌には白がよく馴染むが、黒もよく似合う。今度は黒いネグリジェを用意するか」

ジェラールの顔が見えない分、いつも以上に声を拾ってしまう。彼の艶やかな声は上機嫌でいて甘さを秘めている。

「あの、この目隠し意味ありますか？」

「エルネがよりドキドキするだろう？　私も花嫁に飽きられたくはない」

——飽きるなんてことはないと思いますが！

ジェラールを八年も見続けてきたのだからわかる。彼の魅力は年々増していた。

年相応以上の色香を振りまき微笑みひとつで他者を言いなりにさせられる魔性の美貌……

エルネはきっと彼の手のひらで転がされるだけだろう。

「あ、え？　ちょっと、ジェラール様？」

「先ほど拘束されたいと言っていただろう。お望み通り、両手首も同じ布で縛らせてもらった」

「されたいとは言ってませんが！」

頭上で両手首までひとまとめにされてしまった。エルネが自由に動かせるのは脚のみである。

――初夜ってこういうものだったっけ⁉

普通がわからない。視覚と両手の自由を奪われるなんて倒錯的な行為ではないか。

今度マルタンに聞いてみようと思っていると、ジェラールに耳たぶをそっと食《は》まれた。

「あ……ッ」

「可愛いな、エルネ。自由を奪われて成すがままな状態はどうだ？」

かぷり、と歯を立てられる。耳の穴にジェラールの舌が入り込み、ぴちゃぴちゃと舐める音が響いた。

「ン……くすぐった……」

「視覚が奪われると感度が上がるという。その検証だと思って楽しめばいい」

「あぁ、ん……っ」

首筋に何度もキスをされる。時折強く吸われては歯を立てられて、そのたびにエルネの腰がビクンと跳ねた。

「エルネ、次は胸に触れるぞ」

耳元で甘く囁かれる。

その予告通りジェラールがネグリジェ越しにエルネの胸に触れた。

「ひぁん！」

ツンと尖った頂をコリッと指先で転がされた。まだ首筋にしか触れられていないのに、胸の果実は存在を主張している。

「やはりいつもより興奮しているようだな。エルネの果実がいやらしく食べてと誘ってくる。ほら、ネグリジェを解かなくてもここから容易く触れられる」

「あぁ……っ」

胸元の隙間からジェラールの手が入り込んだ。少し布地を下げただけでエルネの胸が空気に晒される。

「そんな、わざわざ実況しなくていいですからぁ……！」

「今どういう状況かわかりたいだろう。ほら、ここはもう赤くぷっくり腫れている。コリコリされるのは気持ちいいか？」

ジェラールの手がエルネの両胸を揉みしだく。指先で尖りを転がし、押し込むように刺激した。

「ン、アァ……ッ！　だ、ダメです……」

下腹が収縮する。しっとりとした感触を下着越しに感じ、いつもよりも早く愛液を滴らせていた。

——少し胸を弄られただけで濡れちゃうなんて、恥ずかしい……！

ジェラールがネグリジェ越しに片方の胸に吸い付き、もう片方は直に胸を弄る。一体彼がどんな顔をしているのかもわからず、触れられる箇所に神経が集中した。

——なにをされるかわからなくてドキドキがすごい……触れられているところが熱い。

胸に甘く吸い付かれる。舌先で果実を嬲《なぶ》られ、コリッと甘噛みされた。

「ンン、ァ……ッ」

子宮の疼きが止まらない。じゅわり、と蜜が零れていく。

レースの下着は機能性がない。エルネの蜜を吸い取ることはできないだろう。

ぴったりと秘所に貼り付いた下着をジェラールに眺められていると思うと、さらなる羞恥心に襲われた。

羞恥心が高まるほどエルネの愛液がとめどなく溢れ、太ももを伝っていく。

次はなにをされるんだろう。どこに触れられるんだろう。

——ジェラール様はどんな表情をしているんだろう……。

「……すごく綺麗でいやらしい。白いネグリジェが唾液で濡れて、ここが透けている」

「やぁ……ん、そこばかり……ジェラール様のいじわる……」

クリクリと蕾を弄るのに、下肢には触れてくれない。お腹の疼きが止まらず腰をひねるが、胎内に籠る熱はなかなか発散できそうにない。

「背徳感が凄まじいな。清純な王女の両手は縛られ視界も奪われて、白いネグリジェの胸は唾液で透けて片胸はまろびでている。可愛い臍は丸見えで、腰は何度も小刻みに震えているな。そしてほら、レースの下着は蜜でしっとりと濡れてエルネの可愛いところが丸見えだ。レースに吸収性はないから、エルネの蜜が太ももにまで滴り落ちている」

「ふぇ……や、アァ……恥ずかしい……っ」

ジェラールの実況がエルネの羞恥をさらに高めていく。

耳を塞ぎたいのに塞げない。

――それにジェラール様の声がいつも以上に艶めいていて……腰に響くのはなんで?

太ももに彼の体温を感じた。零れた蜜を指先ですくったようだ。

彼の指がエルネの割れ目にそっと触れた。それだけで大げさなまでに腰がビクッと跳ねてしまう。

「も、やぁ……ジェラール様……」

ジェラールの指がグチュグチュとした蜜の音を奏でている。下着越しに蜜壺を刺激し、エルネの花芽をコリッと押した。

「ンンーーッ！」

強制的に高みに上らされる。生理的な涙が溢れるが、それは零れることなく視界を覆うレースの布に吸い取られた。

「これはもう邪魔だな、取るぞ」

——目隠しのこと？

ぼんやりした思考で考えるが、抜き取られたのは用途を放棄した下着だった。ひやりとした空気を感じる。

中途半端に乱されたネグリジェのリボンも解かれたが、目元のレースはそのままだ。ジェラールの顔も眺められず自由を奪われたままで、エルネの感情が昂る。

「……っく、目隠し嫌です、外して……」

「泣くほど嫌？」

「嫌……だってジェラール様の顔が見られない……」

ぽろぽろと涙が溢れるが、零《こぼ》れ落《お》ちることはなくて。切なさだけが募っていく。

視界を覆う布が外されると、目前にはなにやらご機嫌な顔をしたジェラールが愛おしそうにエルネを見つめていた。その顔を見ただけで涙が止まってしまった。

「私の顔がそんなに見たかったのか。この顔が好きか？」

「好き……」

「顔以外は？」

「全部好きです……」

ジェラールの手がエルネの目元をスッとなぞる。残っていた雫が彼の指で拭われた。

「悪かった。目隠しはまた今度にしよう」

「え」

「私もエルネが感じすぎて泣く顔がちゃんと見られなくて後悔している。まさかこんな布切れに嫉妬するとは」

目元を覆っていたレースが床に投げ捨てられた。惨《むご》い。

無機物に嫉妬するなど、言いようのない不安がこみ上げるが、ジェラールはエルネの両手の自由も取り戻した。

そのまま彼に抱き着き、正面から口づける。甘いキスが少しずつ胸の切なさを埋めてくれた。

――私ってすごくちょろいわ……なにをされてもこうしてキスして抱きしめてもらえたら許しちゃうもの。

いつの間にジェラールも脱いでいたのかはわからない。抱きしめる素肌から彼の体温を直接感じると、それだけで心が安定するようだ。

安心感に身を委ねたくなるが、今はまったく安心できる状況ではなかった。

「エルネ、そのまま掴まってなさい」

「え……？　あっ、ンンーーッ！」

わきの下から持ちあげられて身体の中心に熱い質量を感じた直後。ジェラールの楔がメリメリと隘路をこじ開けていく。

「あ、あぁ……やぁ……ッ」

ゴリゴリと中を擦られながらジェラールの欲望を最奥まで飲み込んだ。

まさかこんな風に繋がるとは思っていなかった。エルネの膣はぎゅうぎゅうと締め付けて愛しい雄を逃がさないようにする。

「……ッ、エルネ、締めすぎだ」

「そんな、わかんな……」

身体が言うことをきかない。

だけどようやく好きな人と繋がれたのだ。毎晩のようにジェラールには身体を慣らされていたのですんなり彼の雄を飲み込めたが、実際繋がるのは数か月ぶり。

きっとエルネの本能がジェラールの精をほしがっているのだろう。

エルネは心が赴くまま彼の首筋に顔を寄せて、優しく歯を立てた。

「ン……ッ」

聞いたことのないジェラールの甘い声がエルネのなにかを刺激する。

彼から攻められるのも好きだが、エルネも好きな人が気持ちよく喘ぐ姿が見たいのかもしれない。

――私だって、ジェラール様に痕をつけたい。

ちゅうっ、ときつく肌に吸い付いた。赤い花が綺麗に咲くと満足する。

だがエルネの行動はジェラールの欲を煽っただけらしい。かろうじて着ていたネグリジェを脱がされた。

身体がふたたび寝台に押し倒されて、片脚を大きく広げられた。

「え……」

「エルネが悪い。大人しく我慢していたというのに」

「大人しく我慢?」

なにを言っているのだろうと本気で考えこむよりも早く、ジェラールがエルネの最奥を打ち付けた。

「ンンーーッ!」

肉を打つ音が室内に響く。もう入らないと思えるところまでジェラールの雄が届いてエルネの中を蹂躙《じゅうりん》した。

「あ、あぁ……っ、ンぅ、ひゃあ……ンッ」

「ああ、感じすぎて泣く顔も興奮する。エルネは私を煽るのが本当にうまい」

「ちが……煽ってなぃ……あぁ、んっ！」

太ももを抱えられて律動されるたびに、エルネの胸が誘うように揺れる。

ジェラールの手が胸の果実をギュッと摘まんだ。

「きゃあ……っ」

「本当に、たっぷり啼かして泣かしたい」

言っている意味はよく理解できないが、ろくでもないことだけは伝わった。

――もう、十分ですからー！

ジェラールの色香が濃すぎて彼のネオンブルーの瞳も直視できない。隠しもしない情欲を目にのせて、エルネの快楽を極限まで高めようとする。

「はぁ……、出すぞ」

「ん、ンン……っ」

コクコクと頷いた。もう喘ぎすぎて声も枯れそうだ。

ゴリユッと最奥を打ち付けられたまま抱きしめられる。

「エルネ……愛してる」

耳元でジェラールの荒い呼吸を感じた直後、中にじんわりとした熱が広がったのを感じた。

「あぁ……ッ」

腕の強さも汗ばんだ肌も心地いい。

愛しい存在を全身で感じながら目を閉じるが、ジェラールの雄が一向に退室しない。

それどころかふたたび力を取り戻し、エルネの中に居座り続けている。

——え、あれ？

男性の生理現象について詳しくないが、一度精を出したら終わりではなかったのか。

「ジェラール様、なんでまたおっきく……」

「一度で足りるはずがないだろう？　私は一晩中エルネを可愛がって気絶するまで貪りたい」

「ひぇ……む、無理です……！　体力が……きゃあっ」

中の楔が抜けて、コロンと身体を反転させられた。

背中をジェラールに向けた直後、背後から彼の雄がエルネの空洞を満たす。

「あ……！」

全裸で四つん這いにされる。

「この格好、はずかしい……」

背中を見せて丸見えな状態が羞恥心を煽る。

無意識に中を締め付けると、ジェラールがエルネの背骨をそっとなぞった。

「エルネは恥ずかしければ恥ずかしいほど、中をぎゅうぎゅうに締め付けるな？　恥ずかし

い方が感度が上がる」

「え、ちが……あぁっ！」

腰の窪みに触れられた直後、両腰を摑まれたままジェラールが奥を穿《うが》った。

先ほどとは違う角度で中を蹂躙され、エルネの思考はふたたび快楽に塗りつぶされていく。

「ほら、エルネの身体は私を逃がしたくないと言っている。次はもっと恥ずかしいことをしようか」

「……ッ！　ちが、恥ずかしいのは好きじゃな……あぁっ」

ジェラールの手がエルネの下腹をゆっくり撫でる。

中の存在を確かめるように触れられると、ゾクゾクした快楽がこみ上げてきた。

「ンゥ……ッ」

パチュン、と肉を打つ音に卑猥な水音が交ざる。

背後から覆いかぶされながら花芽をクリッと弄られて、エルネはすぐに達してしまった。

「アアァー……ッ」

「こうしてエルネと繋がるのは気持ちいいが、顔を見られないのが惜しい。やはり背後から繋がるときは鏡が必要だな」

「ン……ッ」

かぷり、と耳を噛まれてぺろりと舐められた。触れられる箇所はすべて性感帯のようで、エルネは身体を支えきれず枕に突っ伏す。

「また鏡に映ったエルネの蕩けた顔を眺めながら繋がりたい」

グリッと最奥を刺激されながら想像する。

鏡越しに発情した顔を眺めて、ジェラールが精を吐く瞬間を見つめることができたらどんなに興奮するだろう。

——恥ずかしいのに興奮する……。

羞恥心は興奮と隣り合わせなのだろうか。彼が言うように快楽を高めるスパイスなのかもしれない。

——でも、あまり踏み入れてはいけない気がする……！

エルネの理性が待ったをかけたと同時にジェラールの欲望が弾けた。

「グ……ッ」

「あ、アァ……」

繋がったまま寝台に倒れこみ、背後から抱き寄せられる。

どっとした疲労感が押し寄せてきた。エルネの瞼が重くなるが、ジェラールの不埒な手が胸を弄り下腹をまさぐってくる。

「も……もう無理ですよ？」

「エルネは寝てていい」

「いえ、ジェラール様も寝ましょう？」

「あと一回」

「え」

「二回出せば寝る」

「増えてます！」

——一晩に三回も四回もって普通なのー⁉

エルネの悲痛な叫びは誰にも届くこともなく。

結局エルネは気絶するまでジェラールの甘い責め苦を受け続ける羽目になったのだった。

エピローグ

【鏡の精、そこにいるか】

お決まりの言葉と共に、エルネの手鏡にジェラールの顔が映し出される。

夜になれば会えるというのに、エルネは少々呆れつつもジェラールの呼び出しに応じた。

「はいはい、ジェラール様。どうされました？　というか鏡の精呼びは変わらないのですね」

【まあそうだな。相手がエルネだとわかっていてもこの習慣は変わりそうにない】

鏡を通じて話すときはこれまで通りの接し方をご所望らしい。ただ一日に何度も話しかけられるのはたまったものではない。

呼び出すときの時間や回数は決めた方がいい。そう思いながらエルネはジェラールに用件を尋ねる。

「それで、なにか急ぎの用事ですか？」

【ああ、休みをもぎ取った。新婚旅行に行こう。場所は宝石の産地でどうだ？　前から行きルネの気持ちが昂った。

たいと言っていただろう】

「行きます！」

【近くには染物で有名な町もある。同時に回るのもよさそうだ】

「それは楽しみです！」

結婚式をあげてから早一か月。まさかこんなに早く長期休みがとれるとは思わなくて、エルネの気持ちが昂った。

はじめての旅行だ。それもエルネが行きたいと思っていた場所を選んでくれるなんて……やはり彼はエルネを喜ばせるのがとてもうまい。

ルンルンな気分で「いつですか？　何日くらい滞在できますか？　ご当地の食べ物はなにがおいしいんでしょうか」と尋ねていると、鏡に映るジェラールがなにやら意味深に微笑んでいた。

【可愛い笑顔でご機嫌だからあえて言おう】

「……はい？」

ジェラールの鏡は声しか聞こえないはずだ。

まるで姿が見えているような口ぶりである。

【正直言おうかどうか迷っていたんだが、どういうわけか数日前からそちらの光景が見えるようになったらしい。湯浴み中にまで出てくれるなんてうれしいよ、エルネ】

「え……ええ⁉　そういうことはもっと早く報告してください！」

思わず手鏡を湯舟の中に落としてしまい、慌てて拾い上げた。ジェラールの笑顔が少し憎たらしい。

エルネは迂闊に呼び出しに応じないことを心に決めたのだった。

あとがき

こんにちは、月城《つきしろ》うさぎです。

『ドSな王子さまは身代わり悪女を極甘調教したい』をお読みいただきありがとうございました。

今作は魔性の美貌を持つヒーローと、不遇の王女だけど幽閉生活でもそれなりに幸せだったヒロインのラブコメです。

以下、ネタバレを含みますので本文を読了後にお進みください。

顔が良すぎるために被り物をしている変人なジェラールは欲望に忠実で、書いててとても楽しかったです。私が描くヒーローは皆欲望に忠実な変態ばかりですが……今作のヒーローはちょっと性格がアレでした。両親はまともな常識人なのに、遺伝子って不思議です。

ヒロインはそんなヒーローに振り回されているようで、でも実はヒーローの方がヒロインに振り回されているという関係性が好きですね！

鏡の精はなんちゃって白雪姫をイメージしましたが、鏡はただの通信機で便利グッズです。実際魔女のアイテムなのかどうかは謎のままになってます。

ページ数の関係で省きましたが、エルネはきちんと王妃にぬいぐるみを贈ってますのでご心配なく！　きっと王妃は結婚式でクマのぬいぐるみを抱っこしていたことでしょう。

イラストを担当してくださったまりきち様、美麗なジェラールとエルネを描いてくださりありがとうございました。二人ともイメージ通りで大変素敵です！

担当編集者のH様、今回も大変お世話になりました。引っ越しが被り、スケジュールの調整等もありがとうございました。

この本に携わってくださった校正様、デザイナー様、書店様、営業様、そして読者の皆様、ありがとうございました。

楽しんでいただけましたら嬉しいです。

原稿大募集

ヴァニラ文庫では乙女のための官能ロマンス小説を募集しております。
優秀な作品は当社より文庫として刊行いたします。
また、将来性のある方には編集者が担当につき、個別に指導いたします。

◆募集作品

男女の性描写のあるオリジナルロマンス小説（二次創作は不可）。
商業未発表であれば、同人誌・Web 上で発表済みの作品でも応募可能です。

◆応募資格

年齢性別プロアマ問いません。

◆応募要項

・パソコンもしくはワープロ機器を使用した原稿に限ります。
・原稿は A4 判の用紙を横にして、縦書きで 40 字 ×34 行で 110 枚 ~130 枚。
・用紙の 1 枚目に以下の項目を記入してください。
①作品名（ふりがな）/②作家名（ふりがな）/③本名（ふりがな）/
④年齢職業 /⑤連絡先（郵便番号・住所・電話番号）/⑥メールアドレス /
⑦略歴（他紙応募歴等）/⑧サイト URL（なければ省略）
・用紙の 2 枚目に 800 字程度のあらすじを付けてください。
・プリントアウトした作品原稿には必ず通し番号を入れ、右上をクリップなどで綴じてください。

注意事項

・お送りいただいた原稿は返却いたしません。あらかじめご了承ください。
・応募方法は必ず印刷されたものをお送りください。CD-R などのデータのみの応募はお断りいたします。
・採用された方のみ担当者よりご連絡いたします。選考経過・審査結果についてのお問い合わせには応じられませんのでご了承ください。

◆応募先

〒100-0004　東京都千代田区大手町 1-5-1　大手町ファーストスクエアイーストタワー
株式会社ハーパーコリンズ・ジャパン　「ヴァニラ文庫作品募集」係

ドSな王子さまは身代わり悪女を極甘調教したい

Vanilla文庫

2024年5月5日　第1刷発行　定価はカバーに表示してあります

著　者　月城うさぎ　©USAGI TSUKISHIRO 2024
装　画　まりきち
発行人　鈴木幸辰
発行所　株式会社ハーパーコリンズ・ジャパン
東京都千代田区大手町1-5-1
電話　04-2951-2000（営業）
0570-008091（読者サービス係）
印刷・製本　中央精版印刷株式会社

Printed in Japan ©K.K. HarperCollins Japan 2024 ISBN978-4-596-82376-2